U0076255

青春瑣事之樹

林達陽

推薦序1

一個青年詩人的畫像

——序林達陽散文新集《青春瑣事之樹》

陳義芝

本文題型源自喬伊斯《一個青年藝術家的畫像》（A Portrait of the Artist as a Young Man）。林達陽《青春瑣事之樹》，描寫三十歲以前文學創作的心路歷程，賦瑣事以詩學深度，將內心意識情節化，使讀者生動地感受到孤獨求索的苦悶與突圍的欣喜，做為一個青年詩人的畫像看，十分貼切。

我認識達陽時，他剛升上大一，為《擴張的盛夏——雄中十年詩文選輯》請我寫幾句推薦的話。那年他十八歲，我讀他的〈前記〉，為其攀越體制圍籬，抗辯、追求、沉吟、獻身的神采，心旌搖移，大感震撼。推薦詞題名「精采的預言，純美的歌聲」，果真預言了十五年後，達陽耀目的靈光、乾淨的音軌，他以既謙卑又崢嶸的姿態繼續擘畫著夢想。

從音域純淨又豐美這點考察，輯一的《青春倒數——關於詩》共三十一篇合成的兩三萬言，最足以代表，是一棵完整的青春之樹，可當一長篇散文閱讀。其所敘事，相互接引，從逼臨三十歲最後一月開始倒數，整整數了三十一天。憑這一日子的倒數，使散思游絮聚攏成一脈綿亙的山形，一座座秀麗小山錯落，各具姿態。

詩是相信有人在等待……詩是透過「傷」之存在……除了前兩篇像楔子，表明他以生命體驗進行詩的詮釋，其他各篇先以極簡情節作為意象，並以另一相對應的情節回答這一意象，最後再回扣最初的情節，照應預設的主題。我看了幾篇，不期然聯想起「賦格」這一音樂術語。各篇暗含複調特質，主旋律精短，筆墨線條簡約，但「關於詩」這一主題始終於字行中追逐、飛翔：

以打籃球和寫詩對位，達陽說用一個假動作騙過防守者，「利用這一點點的時間差，加速過人或起身投籃」；以拍岸的海浪和寫詩對位，達陽說「要推敲，各種立場，複雜的思考，必須顧慮唸起來的聲音，要美，就像……。我邊說邊偷偷看她，聲音在海風裡飄飄忽忽」；以搬家重新安置物件與寫詩對位，達陽說「所有字詞與句子的相對位置都是不確定的。……太多事情，是存在於某個客觀上不斷變動，但情感上未曾稍移的位置當中的」……

他是那麼在乎生活一切的存在，電光石火中探囊取物，撿拾、鏤刻，兀自感慨「怎麼就沒在意」、「我現在才發覺」、「我曾經不知道」。當他回顧某年某日在考場抬頭看到巨大天空一隻渺小的鷹的身影，多少年來念念不忘，他想，世界或許沒有什麼改變，但有一「更高遠、更永恆年輕的什麼」始終盤旋，「鷹是永恆的監考員」。我想，他為了不違逆父母期許選讀法律系，唸完法學院後，竟又回到文學創作的考場，他何嘗不是天空那隻鷹。

謝三進說，林達陽是七年級新詩創作群的「領頭羊」。是的，他是優秀的詩人，詩人當然要展露不俗的語言美技，包括語法、節奏、意象。此刻當我闔上A4紙列印的這本書稿，腦海仍疊映其中諸多形色與聲音，包括：化妝遊行女孩的臉、穿行樹叢枝條上的松鼠、一顆落在木棧道上的毬果、印刷廠中庭與他對望狂吠的狼犬，還有多次寫到的花蓮的海，達陽形容層層推擠的浪，越過他，彷彿「成為轉折向上的海岸山脈」，而「躍出海面的魚或鯨豚，都像是巨岩崩解出的碎屑」，何其清新的感知紋理啊！統而觀之，不僅是一位青年詩人的心靈自剖，也是感性抒發的「一首詩的完成」。

達陽初習詩時，我讚嘆過他，也曾質疑、棒喝過他。而今他既以詩凸顯創作實力，更以散文攻占灘頭堡，勾起我對逝去時光的悃然，千萬心兵遊走，《青春瑣事之樹》真是一本迷人的書。

二〇一五年九月二日寫於紅樹林

（本文作者為國立臺灣師範大學國文系教授）

推薦序 2

一開始，面對這個世界的樣子

陳修澤

青春好難。

那所有亂七八糟的，各種天真愚蠢的第一次。

那是我們一開始，面對這個世界的樣子。

從前總是以為自己的人生會像電影主角，總會發生些什麼，又發生些什麼，受眾人的注目，急轉直下，然後轟轟烈烈的完結。生命的價值好像可以在短短幾小時內把故事說完，於是拚命的證明自己。

實際上似乎從來沒有發生過。就算發生了，似乎也不是想像中那樣。

生活是一天過著一天，大量重複，孤單而且漫長的百無聊賴。

而一樣的是，還是沒有人能了解，那些無法言喻的、不知道該怎麼面對的情緒，隨著漫長的時間，它就深深刻在那裡，塑造了我們的樣子。然後在那些幻滅中認識了這個討人厭的世界運作的方式，然後青春就過去了。

遭遇各種衝撞，受傷，最後我們找到棲身之處，不管我們願不願意。

現在也許能夠說得出個所以然來，但也已經是大人了。那些說不出口的青春仍然孤單而明亮的閃耀在記憶裡。

那些片段留下的狂妄，在現在看起來似乎都可愛極了。

……大概吧？

也總是大概還有些事是不敢回頭看的，對吧？

那是不是代表青春還沒過完？

真煩人吶。

這個人正嘮嘮叨叨的說著這些……

我記得當初我決定要考藝術大學的時候……

……

（你以為我要繼續說嘛？才不要告訴你哩！）

（本文作者為「那我懂你意思了」樂團主唱）

目錄

輯 一

青春倒數　關於詩

31 愛之能事

許多事情都是從愛開始的。

無論是認知，感情，記憶，那麼多的人與事與物，以及詩。是什麼時候開始寫詩的呢？越來越常面對這樣的問題，但也越來越難以回答了。愛很簡單，難的往往是界定，如何記得，或是怎樣忘記。寫太容易了，或許我必須先釐清的是：什麼是詩呢？

我無法判斷自己是什麼時候開始寫詩的，只記得最初試圖寫出一首詩的感覺——那樣充滿對此時此地的不滿意以及全力探究什麼的決心，也充滿對遙遠的某個地方、某件事情、或某一個人莫名的渴望。詩是期待，詩是相信有人在等待，詩是耗費許多時間與氣力、而終於瞭解了一個無法解決的問題。詩是一顆理智而盲目的心。

愛的極致，就是徒然。還有一個月。

30

暗箭

越是長大，越能體會暗箭傷人的狀況是如何的無時不在發生。什麼是一箭之遙呢？一箭之遙，就是你還看不清楚對方就已經受傷。

我喜歡詩，在寫詩讀詩的日子裡，我時常因為詩而受傷。但詩並非武器，詩也不是暗箭，既不能傷人，也無法療傷。傷人的永遠是人。詩只是透過「傷」之存在，讓我感覺到來自彼方的「暗」的狀態。

還有30天。

29 長橋

傍晚經過平日上班慣常要走的那座橋。橋很長，得走很久，但其實短過研究所在花蓮生活時所走的任何一座。這裡的一天，也短過從前的任何時候。

我俯身向橋下看。平時是可以看見游魚的，那樣沉靜，善感，敏捷的游魚，能夠被賦予各種快樂與憂慮的隱喻，彷彿那尾魚本身，就是那種適合爭論安知魚之樂是誰之樂的知心老友。時間在此被延長了。彩霞映在水中，好看異常，但河水本身卻是混濁的。河的上游正在施工，黃土簌簌隨水流來，在水中擴散，緩慢的不停擴散，但並不溶解暈開。彩霞與城市的輪廓映在水裡，那麼模糊、沮喪卻又絢爛。

詩是有意的迷糊。世界充滿煙霧，詩是我一直在乎霧裡的某種人情世故。我試過寫快樂的詩，詩是真的，快樂也是，只是不信的時候，你是看不見的。

一隻水鳥慢條斯理拍著翅膀，快速掠過河面。我們必須慢慢去過那些恆常急迫的生活。

還有29天。

28 時間差

經過午後的籃球場，看見幾個男子正在練球。我並不特別喜歡、也不擅長籃球運動，但從前曾一度非常熱衷。由於人高手長的關係，大多時候是佔便宜的，和尋常友伴對打起來也都算得心應手。

然而打到體力極限時，技術差異便難免顯露出來。只比我稍矮一些的學長陳是箇中好手，大家同樣打過校隊，他練籃球我練排球，雙方體力相去不遠，你來我往也不吃虧。但一下午打下來、雙方都累得和爺爺一樣時，情勢就完全不同了。不知道怎麼弄的，陳就是有辦法一個動作把我晃起身來，利用這一點點的時間差，加速過人或起身投籃。

球最後有進沒進是另一回事了。陳後來也寫詩，意象出奇，每個意思都好，但全弄在一起不知為何就是不太對勁。寫著寫著，後來也不寫了。我後來也不太打籃球了。再後來，我和陳也失去聯絡了。但我還是記得和陳交手打球的那些時光，那些彷彿停滯不前的夏日時光。往往打著打著，一個下午——有時候閒得發慌甚至一整天就這樣過去了。我也記得我們談詩的那些時光。球場上持球的男子遠遠的一個假晃，騙過防守者，加速往籃下切，再分球給更遠處站在三分線外的隊友……

距離適中時，詩是時間；極近或極遠時，詩是我所能感覺到的時間差。木暮公延出手的那顆三分球畫了整整一集，櫻木花道說他的光榮時代只有現在。《灌籃高手》的片尾曲名取得再好不過了，〈直到世界的盡頭〉。還有28天。

27

擁抱所有的海浪

午後收學妹K的來信。信裡問我，學長，你覺得詩人像什麼呢？她接著又說，我只是突然想和你說，我覺得詩人好像一座孤島……

我得回到好些年前，才能回答這個問題。17歲的時候我在想些什麼呢？我已經不記得了，但我記得許多與17歲相關的事：炎熱的夏天，明亮的港灣，微風海洋，金色的陽光曬著排球場。我有過一些很重要的朋友，其中有些跟我一樣穿著白襯衫、卡其褲，我們打球，一言不合有時也打架，打完灰頭土臉爬起來，罵髒話，然後沒事人一樣的一起去吃冰。

另一些朋友，很重要但常常令我疑惑「到底算不算是朋友啊」的朋友，她們穿白衣黑裙，胸前繡著紅槓，有飛揚的頭髮，愛笑——其中有一個笑得格外好看，但又愛哭，很麻煩。有時候我們一起去看海，風很大，我們坐在高高的堤防上，海浪在沿岸堆放的消波塊裡推來撞去的，嘩嘩的響。我對她說，我喜歡寫詩。她問，寫詩是什麼感覺呢？我說，這很難解釋，大概就像這樣，我指指那些撲打進消波塊裡的海浪，故弄玄虛的說，要推敲，各種立場，複雜的思考，必須顧慮唸起來的聲音，要美，就像……。我邊說邊偷偷看她，聲音在海風裡飄飄忽忽，很不踏實。但她出神望著遠遠的海，很堅定的樣子。她聽到我說的話了嗎？我們不打球也不打架，但為什麼就是沒辦法沒事人一樣一起去吃冰吶……

現在這麼敘述，好像整個17歲我們都坐在那邊似的。但那怎麼可能呢？17歲有那麼多活動要參加、有那麼多書要唸、有那麼多的事好忙……還有那麼多老師沒教、也不打算教的詩可以讀啊。那些意義和聲音像是海浪一樣美好的詩，靜靜夾在還沒看完的詩集裡——有時候我想像它們可能也夾在我那些空白的筆記本裡、或是剛剛打開的Word檔中，要等到一個理想的女孩去翻閱，她要願意讀，而且能夠懂，那詩才會出現……

什麼是詩呢？詩其實就是渴望被了解。那是我剛剛開始寫詩的時候，也是白衣黑裙的女孩剛剛開始讀詩的時候，我寫得不好，她也不擅長解讀。無計可施的時候，我們就一起去看海——沿著防波堤，一直走到盡頭的燈塔那端，三面都是大海。真像是孤島呢。我唸詩給她聽，那些海浪一般的韻腳、飛鳥一樣的聯想、寄託著許多喻意的浪花與反光……

如果青春是一座孤島，詩就是那些反覆擁抱孤島的海浪。我想，現在我可以回答妳的問題了。詩人像是什麼呢？如果仔細聽，詩人應該要像是——或者應該就要是海風裡那個對妳說話的聲音。

還有27天。

26
園遊會

忙碌了整天的園遊會，終於結束了。

園遊會遲早都是會結束的。從前也曾參與過幾次園遊會類型的活動工作，燥熱的氛圍，友善的幻覺，旗幟，氣球，音樂，奇異的道具與服裝，瘋狂的口號和大小標語，讓置身其中的每一個人，都甘心情願接受集體之夢的欺瞞與剝削。工作時我能躲身在所屬的攤位和身分後面，覺得無奈，但是安全。我曾與許許多多的陌生人四目交接，鼓起真實的熱情，去說別人想聽的話語。我也曾與更多的人錯過對眼說話的機會。

生活總是這樣的。我喜歡園遊會辦在晴朗的秋天，風裡飄著安神的乾枯草木的香味，讓我可以保持清醒，仔細看清。詩不是我眼前所見的這一個人，詩是某人穿過重重人群看見你、而你卻毫無所覺的瞬間。我也曾因仔細注意另一個人，而一併注意到她對我的忽略。但其實誰都不是故意的。園遊會是濃縮以後的生活瑣事的集結。我從來就喜歡每一個秋天，有些黃葉掛在枝上，有些黃葉落在地下，有些還在風裡，晚點落葉會積滿每個訪客的車頂。園遊會結束之後，車子駛離，會留下一個個空白的車位。

園遊會是青春期那種永恆的夕陽，美的理想狀態，以善與快樂為名，我們一次次去嘗試不可能的事，一次次以為自己這回可以更靠近一點。關於你我，園遊會都是不可複製的青春盛事；但關於詩，園遊會只是一次教學演示，我只是其中的一個例子。費盡心思，但願能讓妳多了解一點。

還有26天。

25

貓咪長大了

我所養的貓漸漸長大了。那是在花蓮唸書時意外撿回來的流浪小貓，三花色，大概才兩個月大，在一大窩貓中顯得格外瘦弱，膽小，多慮，發炎的左眼有點問題，但對世界應該還是很好奇的，屢屢眼睛雪亮的盯著我手上冷掉的鹹酥雞。某次寒流前夕終於被我從學校後門的志學街上抱回來了。很黏人，我替她取了名字叫麥芽糖，帶她去看醫生。整個冬天她都窩在我的腿上，陪我看難以理解的原文書，眼病也漸漸好了。

她是一隻真的貓。或者應該這樣說嗎？她真是一隻貓啊。隨著長大，她越發有了自己的脾氣，願意學的越來越少，能耐卻越來越大。她喜歡趁我不在時做那些平常不被允許的事——比如說，她討厭我用電腦，所以她非常喜歡去摸摸那台電腦。那台電腦太吸引我和她了。她曾經刪掉了我多年來在PTT「我的最愛」列表中儲存的所有看板；曾經逕自替我換了螢幕保護程式——所設定的竟然還是存放她照片的那幾個資料夾。最扯的是，換用智慧型手機的隔天，半夜不睡覺的麥芽糖替我打了電話給，呃，那個女孩。不是已經鎖上按鍵鎖了嗎？我無計可施的看著麥芽糖，她撇過頭盯著那支發光的手機。好一支智慧型手機啊……

許多事是連我都做不來的，我不知道她怎麼辦到的。我猜她自己應該也不知道吧。有些時候就是這樣的，事情的方向我們想像，但事情的發展往往超乎我們想像。麥芽糖喜歡挑選錯誤的時機在我腳邊轉來轉去，毛茸茸的小東西，屢屢令我分心。但什麼是「分心」呢？以前常在上課的時候寫詩，千頭萬緒的想法之所以能夠騷擾我，進而令我捨本求末的追索，畢竟是由於我真心在意。我默默在意著那隻貓，貓或者也默默在意我。她已經六歲，真的長大了，我竟然也漸漸走到二十好幾的尾巴。有時候我憂慮的看她。但她已經很少兜著圈追逐自己的尾巴了。

時間過得很快，我的詩寫得很慢，而且越寫越少——原因很多，但無論如何，貓都是不會接受的。天氣漸涼，麥芽糖顯得格外溫熱，此刻我分神寫字，而她在窗邊全神貫注撥弄著一顆小小的骰子，好像那就是整個世界。世界再冷，都有恆溫的一面。

還有25天。

24

家的位置

這陣子忙著搬家，所有的事物都在改變位置。花了許久時間把與我相關的一切，都從一個房間搬到另一個房間，重新安置在合適的位置。這我已是熟手了，大學以來賃居過的房間不知凡幾，每間我都牢牢記著：氣味，四季溫度，陽光的方向，窗外的風景，床與書桌的位置，慢慢褪色的海報張貼在什麼地方，還養魚的時候水缸放在哪裡，養楓葉鼠時籠子又在哪裡，養貓的這幾年貓咪喜歡待著的位置，盆栽的位置，食物和水的位置，還有我的位置。我四顧看了看，又好像沒有任何東西改變了位置。

記得研究所時坐過幾次船出海，說是去賞鯨，但每每看到的都是海豚。海豚也很好，海豚活潑、好動，海豚能讓我覺得好奇是好的，好奇能帶給人真正的快樂。賞鯨船通常開得很快，不一會兒就離岸遠了，四面都是海。我問過其中一個船家，怎麼知道海豚都在哪裡出沒呢？船家神秘的笑了笑，輕輕指指海面，他說，海豚是在海裡出沒的。我當然也問了，可是海這麼大，從哪裡找起

地方等著我們。呢？他意味深長的看著我，他說，我不知道，我們不找海豚，但海豚會在某個

那是一個很會說話的船家，我到現在還是不能理解他口中所說的是怎樣的狀態，但似乎漸漸能夠體會那種心態了。詩也存在於不確定的位置。其實不管是詩、或是其他形式，所有字詞與句子的相對位置，都是不確定的。以前唸法律系時教授總要花上許久時間對我們解釋何謂、又為何要有「不確定的法律概念」。太多事情存在於無法標明的位置了，太多事情，是存在於某個客觀上不斷變動、但情感上未曾稍移的「位置」當中的。比如說快樂，心安，善良，溫暖，街頭的貓，林子裡的松鼠，外海成群游泳的野生海豚。或者比如說愛。

搬過一次次的家，裡頭同樣住著我的心，能夠愛，也願意受苦，經歷這些那些，讓我努力且必須持續寫出一些什麼——但那到底是什麼呢？想起片山恭一《雨天的海豚》裡有過這樣的句子，「看不到海豚，可是，我相信牠們一定在這海裡的某一處。」

這是尋常的雨天，適合相信、抱怨、期待和想念。來到／回到自己的房間裡，還有24天。

23 時間筆劃

立冬的這天早上還下著雨，但中午便停了。走出戶外，看到路上的葉子繼續在落，與整個秋天都相同。靠近停車場的幾棵樹上除了葉子，本來還有著長長的豆莢，夏天以來就直挺挺的懸在枝上，俐落而有神，前些天還只是三三兩兩的落。不知道為什麼立冬這天卻掉了滿地。其實早該落了，我心裡明白，但還是覺得可惜。現在樹上的豆莢和葉子都剩得不多了。

晚上外出隨意買了幾個麵包當作晚餐，回辦公室打算繼續加班。一路走著，想起早上氣象報告說明日氣溫就要大幅下滑，「冬天晚來了一天」，穿著拘謹的主播這麼說。麵包現在還是溫熱的，雨繼續下，落在不遠處的河裡。我決定繞遠路走到地勢較高、視野較好的地方，藉著昏黃的路燈燈光找了一片空地，坐下來，咬著麵包，希望靜一靜，一個人細細咀嚼揣測麵包裡裹著什麼餡料——買的時候怎麼就沒在意那是什麼餡料呢？路旁有一棵與停車場旁一樣的樹，樹下也積著近日落下的豆莢。我現在才發覺自己同樣不知道那豆莢裡有著怎樣的豆子。青青的豆莢積滿樹下，長短不一，像是還沒被組織起來的字的筆劃。

我在遠遠的高地上，幾束芒花開在遠遠的河旁。已經十一月了，我曾經不知道十一月就是白芒花的季節。我曾經不知道那佈滿河谷的、柔軟的長草就是白芒花。務農的祖父已經過世了，不然肯定要用不易體會的閩南諺語暖暖的嘲笑我兩句。我曾經不能理解為什麼自己的台語聽說能力不如同儕，也曾經不能理解母親當年找了外省籍的朋友當保姆是什麼緣故。我曾經不知道自己在乎什麼，曾經不知道誰在乎我，我知道自己是有所愛的，但我也曾經不知道自己愛著的那些，到底都是些什麼。

這些都是我從詩裡學到的事。詩是遲到，讓我明白「並不知道」沒有關係，保持真心的在乎，才真是重要的。看不清楚的白芒花遠遠開在河旁，稀稀落落，好像只有幾束。我想起自己曾指著河央，告訴剛從異地搬遷過來的女孩，十一月的時候，白芒花會開滿在河中的沙洲上。

天氣越來越冷了，似乎也開始起風了。詩是遲到。我邊打了電話回花蓮，一邊披上外套擋風。白芒花仍然準時開滿了花蓮長長的溪谷，但我現在才從久未連絡的友人口中聽說。還有23天。詩是遲到，讓我明白許多事，更多更多的事情，遲早我們都會知道。

22

幾乎不存在的冬雨

仍是雨天。走到辦公室外的露臺往遠處望，看見天色漸漸暗了。露臺之下就是河，河對岸的網球場準時亮起了燈。平常這時的球場上應該要有幾個中年人，或老人，為著快樂或健康，往復奔跑著追打小小的球才是。但現在球場全是濕的，大亮的燈光照著空無一人的球場，白晃晃的，好像有一點感傷。

其實雨勢並不大，細細的絨毛一樣的雨，迎著燈看，更像是雪花。但這樣下著一天也足以令球場濕透了，若中途就停，則未必然。剛上台北唸大學時，對北部這種心不甘情不願的冬雨惱極了，到底下是不下呢？也不知道該帶什麼雨具出門，甚至常常不知道該不該帶雨具出門、或是該不該出門，每每為了這樣優柔寡斷的雨覺得生氣——不只是雨，十八歲的我對許多事都生氣。到底下是不下呢？當然那天候誰看都知道是下雨了，只是我在定義上計較、一次次對自己否認，為了保全理想中生活形貌的更多細節。這哪裡算是雨呢？就算會濕，這種雨撐什麼傘呢？但其實屢屢否認也就是承認了，人走在雨中，一直走，一直走，走久了，衣物上佈滿細密雨珠，幾乎就感覺不出來了。

漸漸也知道如何與這樣的冬雨相處了，漸漸也知道如何與自己相處了，漸漸知道如何寫字，還不確定那是不是詩，但漸漸知道如何透過文字與他人相處了。那都是後來的事。遠遠能看見一個戴著球帽、運動打扮的男子，沿著草坪間的小路正接近濕漉漉的球場，但似乎也不是真要往球場去，只是走到球場附近，慢下來，有點遲疑的，往球場裡望了望……

雨一直下，濕氣漸漸侵浸到外套的內裡來了。漆黑的雨夜裡，無法使用的網球場就燈火通明的亮在那裡，那男子還在場邊，不知道是懷疑著什麼，還是懷念什麼。寫詩的時候，我的心裡總也惦記著某一私人的事情，值得懷念，或者懷疑。隔著下著細雨的河，草坪在彼岸以幾乎不可能察覺的速度生長。我需要透過一些更親密更難以了解的什麼，比如詩，才能回到最初的狀態裡，一次次真心且小心的溫習、改寫那些已經發生的事件。

還有22天。

21

慢跑的人

看見雨中慢跑的人。

前一次減重已是好些年前的事了。那次是為了即將到來的盃賽，需要更好的體能與更快的腳程，節制飲食，早晚跑步。日子簡化成單純的睡眠、飲食、閱讀、寫作、跑步的循環，每天兩輪，周而復始。天候好時就去跑操場，去跑大得不可思議、大得幾乎無法察覺其為圓形的校園外環道，感覺自己是天地之間小小的戮力運轉的指針，每跑一步，彷彿都為世界盡了什麼義務似的，隱隱感覺有什麼核心的信念正以固定的距離牽引著我；若在夜晚，跑在漆黑的校園中，天空裡盈滿星星，身邊則是距離遙遠且不夠明亮的路燈，永遠離得那麼遙遠，緩緩接近一個了，超越一個了，永遠還有下一個。我總以為我是跑在星空裡的。

那時還在花蓮唸研究所，入秋以後的綿綿細雨和久久一次的暴雨強風，都是免不了的。天候若壞，就只能去健身房裡滿身大汗的玩跑步機或滑步機。健身房開著冷氣，放著電視，時間感全然不同，世界是定溫的，我們是原地踏步的人。當時畢業作品正寫到瓶頸處——其實當時無一刻不覺得身在瓶頸之處，每次傾力跑著滑步機，都似乎以另一個方式理解什麼是「漫長」，什麼是「接近永久」。漫長大概就是很累的意思，永久則大概是怎麼會這麼累的意思。實在很難區分那之間有什麼差別啊。我知道的，是得用體力所能負荷最快的速度撐滿二十分鐘。

據說二十分鐘是初學者鍛鍊體能的撞牆期，也是有氧運動開始有效消耗體脂肪的轉折點。中學時另聽過一種說法，說是三十分鐘才對。但科學是科學，我等都是人生父母養的血肉之軀，身在其中時，任誰都希望是二十分鐘的。一定是二十分鐘啊，怎麼可能是三十分鐘呢哪個死沒良心的王八蛋說的？

早晚五千公尺，短短一個多月，瘦去十公斤左右。畢業作品慢慢也有了初步架構，我將它定名為「遠方」，和我的隊友們去外縣市打盃賽，贏了獎盃回來。獎盃比預期的輕，心情卻比預期的重。但日子好像沒有什麼改變，我繼續寫作，讀書，繼續跑步。二十分鐘對我來說越來越輕易了，常常心裡算計著覺得差不多了，低頭一看，已經來到第二十一分鐘。

生活有時也是疲憊的，但疲憊不是時間單位，疲憊只是一種感覺，可以安撫，可以透過思考和訴說改變；可以延長或縮短，透過我們心裡的「另一種時間」。還有21天，我靜靜期待，保持安靜，深深呼吸，努力寫作，繼續前進。感覺自己的心默默減了重，漸漸恢復最初的那種輕鬆。詩是有什麼正開始改變的第二十一分鐘。

20

應該是鷹

很久沒有看見老鷹了。今日中午休息的時候雨勢稍歇，走出辦公室，站在露台上與人講著電話，抬起頭，看見一隻大鳥遠遠盤旋在天空裡。

應該是鷹。傳說鷹是最長壽的鳥類了，野生的鷹甚至能活到二十年左右。二十年很好，極限青春的極限，很適合這樣孔武有力的大鳥。從前在花蓮唸書時，確確實實的看過幾次盤旋飛行的老鷹，大多都在剛要入冬的那一段時間，正是我等壞研究生一邊趺趺撞撞趕著期中報告、一邊趺趺撞撞的教大學生如何準備期中考的時候。但那都是後來的事了。印象最深刻的仍是第一次，那是在研究所甄試入學的考場裡，我坐在靠窗的位置，寫得差不多了，會的寫完了，不會的也完了，大勢已定。抬頭看見助教低著頭正讀著自己的書，便也鬆懈下來，抬頭往外看。那是我第一次看到鷹。

我還記得自己當時驚異的感覺。起先還不是非常確定，距離太遠了，鷹以小小的身影，飛行在令牠顯得更渺小的巨大天空裡。後來考完試問了在地的朋友，努力描述那大鳥幾乎無法描述的樣貌。友人不太感興趣，只草草回說那肯定是鷹，這是鷹的季節，然後繼續追問我考試的狀況與往後人生的下落。

我怎麼知道往後人生的下落呢？但我那時真以為自己知道，而且還真能說得頭頭是道。那時我才二十歲出頭，剛對詩有了比較完整的想像，對世界還稱不上有什麼正確的了解。但我怎麼知道呢？後來我都一一知道了——我以為現在的我是知道的，但一邊告訴電話彼端的人我又看見老鷹了，一邊仰著頭，目送那鷹消失在山的後面，一邊也不那麼確定了……

生活無處不是考驗，又到了同樣的季節。多年過去了，我持續的寫，但到底我有了怎樣的改變？世界又有了什麼改變？或許一切都是一樣的——學生們忙著期中考的時候，應有著更高遠、更永恆年輕的什麼，正在我們視線所能及的山外盤旋。還有20天。我望著鷹剛剛離開的方向，想起了那時坐在研究所甄選筆試教室裡全心相信的自己。鷹是永恆的監考員。

19

天氣晴

連日大雨，今天才放晴，我打開窗，看見陽光曬在過路的每個行人身上。

從網路新聞知道南部也放晴了。點開臉書頁面，幾個認識的雄女校友紛紛貼出校慶的消息，我拖曳著網頁的捲軸向下看，滿滿都是晴天娃娃和過往雄女校慶的相片。想起昨天在校園裡遇見一個學妹，一身雄女制服蹦跳著跑到我面前，非常得意也非常失意的告訴我三件事：雄女校慶、她無法回去、以及「已經好幾年了，雄女校慶從來沒有下過雨」的消息。

我去過的那幾年雄女校慶還真的都沒下雨。這很奇怪，但總歸是好的。好而奇怪的事情通常都會被賦予更高的象徵意義，我們一次次觀察它，體會它，進而嘗試解讀它，從而因時因地得到合適的新的啟示——這說的幾乎是詩了，但很抱歉我得承認我說的其實是雄女校慶。我去過許多次雄女校慶，從高一第一次抱著朝聖的心情前往，到前幾年還因為社團的關係專程過去一趟，體會也各有不同——但那是體會，除了體會以外，難免都仍要體驗整整一天女孩子是如何透過買賣彼此根本不需要的東西從而得到幸福快樂的生活。

我還記得那些女孩的臉，當然不可能是全部，但我記得許多的臉，有些畫著油彩，有些上了妝，某一年還見過戴著面具的（不知道是大冒險贏了還是輸了），各顯神通的向來人推銷著莫名其妙的商品。這太奇怪了，「善意的詐騙」原來是真正存在的，美美——我是說，每每聽女孩們瞎扯、推銷、板臉、撒嬌，竟像是看人施戲法變魔術一般：中了埋伏，進退維谷，現在你明知道那全是假的了，但不知為何，你情願那都是真的。

也有些事情，明知道那是真的，但過了好些年，我仍分不清楚自己希望那真是真的，還是假的。因為性別的關係，雖然耳聞過各種離譜的校慶化妝遊行、女孩兒們如何以強制扮裝的手段集體霸凌各班導師的事，但從來無緣親眼目睹。除了園遊會，我最多只看過儀隊樂隊聲勢浩大的開場，見過最最精采的部分，也見過偶爾出槌的部分——某一年表演完了，我在一棟建築後意外撞見穿著便服的學姊正在罵剛剛掉槍的學妹，那學妹站在整齊排開的隊伍裡，低著頭哭，學姊罵完，停了幾秒，然後走上前去抱住那個學妹，兩個人一起哭。更多人靠上去攬著她們哭，然後又一起笑了。

這是好些年前的事了，但總有些事情年年都要發生。我推開窗，試著想看得更遠一點。秋冬之前曾是夏天，青春是詩的上位概念。遲了很久，但不知道為什麼就有一棵路樹選在今天開了滿樹的花，晴朗的天空底下，散發著這個季節特有的香味。所有的奇蹟最後都發生在我們的理智之外，卻也都早已發生在我們期待的心裡。還有19天，也就是今天。今天是每次都與我無關、卻也永遠密切相關的雄女校慶的園遊會。

18 永不島

還有18天。過了昨天，又下起雨了。奇蹟的夏天大概真是為了雄女校慶而發生的，只能偶一為之。打電話回高雄，知道南部也是陰霾的天氣了。掛上電話，心裡空蕩蕩的。還有18天，好像有什麼一夜之間長大了啊。

長大。小時候看彼得潘的故事，一開始只當是歷險記來讀。但Neverland一詞屢屢吸引我的注意——迪士尼的版本裡是譯作「夢不落」，但整個字串裡哪有夢字呢？頂多可以解為永不降落。也有些譯本，尤其是印刷較差、塞在學校圖書館角落的盜版版本，多將land作島嶼解讀：「永不島」，好像充滿了青春無敵的氣力，懷著永遠抗拒的革命精神之類的；或是「永無島」，這聽起來虛幻多了。直到現在，我都記得自己縮在國小還未改建的圖書館角落閱讀那些書的樣子。

有好長一段時間，我非常懷念那個狹小、老舊、堆有許多稀奇古怪但翻譯錯誤百出的藏書的角落，無時無刻都想回到那個角落。那個角落給我神秘的安全感，像是一個充滿夢想的夢中孤島一般。Neverland上的孩子是永遠不必長大的，或者，是永遠無法長大的。

很久以後，我才知道那些書的版權是大有問題的。其實就是盜版的。我也是很久之後才意識到，原來彼得潘的行為都是犯法的，有許多法條好幾條罪可以辦他。但在那之前我哪裡曉得、哪顧得了那麼多呢？盜的形象甚至是好的——盜火者的正義，盜富者的俠氣，盜墓者的勇氣等等。許多關於好壞的評價必須到很久以後，我才知道並不全然是那麼回事的。長大。我努力往前想，剛剛成年、18歲的時候，我的夢想到底是什麼呢？

現在能記得的18歲夢想無非就是考上好大學、交到好女友、打好球、寫出好詩、轟轟烈烈的搞一件（當然最好是很多件）好的大事。大概就是這個樣子。那時的我找了幾個朋友，花了兩年多的時間，滿心浪漫、千辛萬苦的編輯著《擴張的盛夏》，那是一本我們自己發想要做的「雄中十年詩文選輯」——編選很容易，排版印刷我們也還行，錢努力去找總是會有，再不行就是去打工自己墊。最大的難處是，我們要如何與畢業近十年、不知用的是真名還是筆名的學長姊們取得聯繫呢？

那時我已經是法律系的學生了，心裡明白，一件大事既然要「好」，那就不能是盜。版權這事是非聯絡作者不可了。那時我們打過許多電話，給當時的作者，給當時的編輯，給作者或編輯當時的同學，或給他們的老師。真是上窮碧落下黃泉的找。許多號碼已經變成空號了，許多人已經不住原址了，也有些人，已經過世了。有一段期間我們不斷重複著那樣的畫面：整個週末，或是寒暑長假，我們幾個人打了上百通的電話，靠在圖書館角落，翻著泛黃的歷屆畢業紀念冊，一通一通惴惴不安的打。這些人都是我們的學長，和我們一樣意氣風發的經歷過南方的18歲，一樣讀過雄中，一樣喜歡文字。我們邊打邊想，偶爾互相交談，帶著驚訝或不夠世故的尷尬。學長們怎麼都不寫了呢？往後，我們會變成怎樣的大人呢……

還有18天。我從回憶裡清醒過來，下樓買飯，路過超市，架間閒晃好半天，才又好奇又懷疑的買了從來不感興趣的黑木耳露來喝。帶著稱不上甜的淡淡甘味，略嫌稠密，但很健康、安全，很符合下著細雨的居家週末的心情。但那其實不是我的心情。我仰著頭喝，彷彿喝的其實是酒，看見家家戶戶點亮了燈，窗戶透出溫暖的光，裡頭走動著快樂的人影。我想起彼得潘的故事，想起故事裡的Neverland，想起當年一起編輯、一起作夢、一起寫作、但後來一一停筆的朋友。我與多數人都保持聯絡。詩是那扇總是開著的、彼得潘本來想關但是終究沒有關上的窗。詩是我們以不同的方式去反覆解讀的Neverland。

還有18天。

17

時間迎面而來

還有17天。

17歲時，除了社團、寫作、戀愛、學業以外，我也打排球校隊。那時的雄中排球校隊並不特別出色，校內校際間秀兩下還可以，若放到全國乙組去和那些每週練個四天五天的高職校隊較量，還是不太行。那時高二，一次要出隊比賽前，我們請了公假集訓，教練看我手掌較大，修正了幾個姿勢上的小問題後沉球發得不錯，過網後球墜得快而且重，便把我和另一個擅發飄球的球員帶到同一邊，專責發球給對面的隊友和學弟接。

我那時還是個稜角分明的人，許多事對我來說都是大事。我表情嚴肅、全神貫注的站在球場對面，應該是處在隨時會變成超級賽亞人的狀態中吧。另一個隊友則蠻不在乎的痞著一張臉，分不清楚是真嚼著口香糖、還是單純的吊兒郎噹。我們交替著一球一球的發。許多學弟才剛練球幾個月，生澀得很，面對兩種完全不同的球路，幾乎一球都接不起來，滿臉驚慌，到最後幾乎看得見恐懼逃避的神情。中場休息時全隊坐在樹下一起喝水，我的隊友繼續嚼他的口香糖，我則拍拍幾個學弟的肩膀，對他們說：不要怕球衝著你來，球衝著你來不是你倒楣，球衝著你來，是給你帥的機會。

往後許多重要的時刻我都這樣提醒自己。我並不特別勇敢，多虧了這樣時時自我激勵，才能繼續完成許多事情。我也認識了一些非常勇敢的人，跟我非常要好、我們那屆的演辯社長馮就是這樣的人，社服設計得很霸氣，全黑的短T恤上什麼都沒有，只在後背寫著「莫我敢承」四個大字。我曾穿過那件衣服站上球場，迎著刺眼的下午豔陽，一次次去接對手的跳發。我的一傳也不特別好——其實那時的隊上好像沒有誰是特別好的，尤其那些和我一樣先天長得高又很能跳的，多半憑著體能和身高的優勢，全心全意、一心一德的練著二號位直來直往的第二時間攻擊，接發對我們來說，真是徹徹底底的苦差事。但總是要有人去做苦差事。我迎著陽光，身上的黑衣被曬得發燙，有時幾乎看不清楚球的來歷，也不能判斷球的軌跡，見到球時都是電光石火的一瞬間了，怎麼接怎麼卸似乎全憑反應。但其實不是的。我自己知道我的反應是來自我對更大的事情的理解，網高，風向，球的材質，對手的心理，以及人性。我曾經孤孤單單的在紅樓的牆邊對牆墊過上千顆球。我的反應來自更久遠的時間與更大的世界，只是被壓縮在那直覺般的一瞬間。

那也是我詩寫得最勤的一段時間。球往我這邊飛來的時候，我17歲。我喜歡17這個數字，已長大，未成年，我喜歡自己站在場中那個誰都在乎你但只有你能救得了自己的戰鬥位置。還有17天。

16

看見松鼠了

傍晚在走去停車場的路上看見松鼠了。

黑黝黝的一隻小東西，很機靈，東張西望的，不親人卻也不怕人。冬季的天色暗得快，其實看不太清楚它的面目，只知道它沿著路旁的樹枝忽快忽慢的跑著，伴我一起走過長長的步道，直到停車場前才消失。我這才注意到路旁的樹木枝枒，全是連在一起的——每棵樹的主幹都離得遠，較粗壯的枝條也都間隔著合適、客氣的距離，但末端的枝葉卻是細密交錯在一起的。

使用臉書好一段時間，找回許多老朋友，也認識了許多新朋友，有些人的交誼從現實遁入虛擬的空間，有些人則從虛擬的時間裡走了出來，重新出現在我的真實生活周圍。還有16天，收到一則交友邀請，來自大學時候詩社的學姊，大我一屆，唸哲學。那時候的輔大已經沒有詩社了，學姊喜歡詩，但整年下來沒遇到可以談詩的朋友，便印了一些心愛的詩作和自己的聯絡方式，沿著學校的步道走，一張一張，貼過一棵又一棵路旁的大樹。輔大有上萬師生，上百棵樹，許多松鼠，但好像只有我看見了那些美麗的紙片。更後來因緣際會我們又另找了一個中文所的學姊來，聊著聊著，很訝異的發現她也是我另一個高中學長的大學學姊，他們曾經都是高師大風燈詩社的一員……

過沒多久，哲學系的學姐考上轉學考，到台大去了。那個三人成行、三人成虎的輔大地下詩社，也就散了。那時的我也經友人介紹開始參加台大詩社的社課，漸漸成為台大詩社當時唯一的校外社員。忘記是誰先找了誰，總之學姐和我確實曾一同參加過台大詩社的社課。然而身分已經不同了。學姊沒多久也漸漸淡出詩社，這其實也沒什麼，多采多姿的大學生活裡多的是這樣的人。我沒有細想，也沒有辦法。後來掉過一次手機，疏離冷漠的台北生活裡多的是這樣的事，我和學姐不久便也失去聯絡了。

有時候我總覺得，我們像是巨大森林裡面爬上跳下的各種動物，或許就是松鼠，高高低低不同的樹層區隔出我們的棲地，偶爾會在交錯的地方相見，但終究要回到屬於自己的那叢樹冠裡去才行。我回了信給學姊，很懷念。學姐信裡提到她現在都忙著經商的事了。我打開對話框，遲遲不知道除了懷念還能回些什麼。十年了，我都忙著什麼事情呢？

人生實難，大道多歧。現在走在單純而筆直、通往停車場的下坡路上，我找不到那隻松鼠了，我甚至無法找到合適的比喻去記憶那隻松鼠。但我確信我曾看過牠，並因為松鼠而感覺到松鼠以外的更多事物。我不知道那是一隻長得什麼模樣的松鼠，但即使是在多年以後的夜裡，我也能感覺那些因為奔跑的松鼠而輕輕搖晃的樹。

還有16天。

15

輕輕掉落

下班時天已經全黑了。辦公室位在靠近山區、地勢起伏的高處，沿著木棧步道往下走，突然聽見某種東西掉落的聲音，回過頭，又陸陸續續聽見同樣的聲音，很輕，短暫而壓抑，但在夜裡十分清晰，似乎是某種不知名的球果。其實也不知道到底是或不是，但地上確實落了許多球果。更遠處的觀景平台那邊似乎有人正練習著吉他，流利的刷扣著，只偶爾停下來斟酌幾個特定的和弦。球果落下的聲音好像只是他的節奏。不是第一次看見這些球果了，但我是第一次聽見它們落在木棧步道上的聲音。

記得中學時候曾非常為搖滾樂著迷，一開始只聽我們所知道的「那種搖滾」，但後來只要找得到的，什麼都聽。除了聽，那時還認識了一票熱音社的同學和學長學弟，也繳了社費買社服，社服的胸口處是一把抽象的火，好像是燃燒的但又好像沒有，不知道象徵著什麼。我也不確定那些火一般的熱望與氛，對我而言算是什麼呢？我吉他彈得不怎樣，鍵盤更勉強，鼓也只會那幾套，唱歌可能還可以吧，但比起他們認真練著的仍有一段差距，不管哪個位置都只能偶爾練團時客串一下而已。那把火——抽象的火，跟我的關係是什麼呢？

記得那年南部幾個高中的熱音社合辦了成果展，雄中也出了幾個團，地點就辦在雄中校園裡，我們做地主的開場，而某校的團那時在圈子裡小有一點名氣，就壓軸演出。但說不太上來為什麼，我就不是非常喜歡那個團——吵是吵，吵很好，但我覺得他們吵得莫名奇妙，簡直無理取鬧。我雙手抱胸將社服上抽象的火掩去一半，皺著眉看，覺得案情並不單純——這樣的團怎麼會有名啊？但自己實力不好也不敢多評論，只好困惑的轉頭偷看旁人的反應，我們的鼓手站在我身後，剛好對上眼，好像看透了什麼似的，用下巴指指場中央將鼓棒掄得什麼似的友校鼓手，平淡的說了一句，不會打的人才打得這麼用力。

我始終記著這句話，在不同的時候想起這句話，但不敢用力、仔細去想，深怕真努力去想就破壞了什麼。那時我已經是大學生了。但小我們一屆的吉他手陳還在雄中，陳會寫曲子，才氣很好，有滿肚子自己的想法，跟那時的我們一樣都是表面上有禮貌實際上很難搞的人，但不曉得為什麼，竟然決定去考警大。怎麼會這樣啊？我們都不敢想像——一則是不敢想像他怎麼會變成警察，一則也不敢想像有這種警察台灣未來的治安會變成怎樣。那時我已經是大學生了，但他還在高三，輾轉聽說他報了那年雄中雄女歌唱大賽的創作組，帶著團上去，歌裡頭把所有組長主任罵了一遍，激昂的刷著吉他，告訴所有人：他要當警察，怎麼會這樣。曲子的尾巴他對著漆黑一片但歡呼聲四起的觀眾席，反覆唱著同一句歌詞：我是怎麼了，我是怎麼了，我是怎麼了……

所有挨罵的主任與組長全都坐在第一排的貴賓席，真正是搖滾區。但那時我已不在場了。成長的過程太忙碌了，成長令人自顧不暇，我們無時無刻都在錯過重要的成長現場。我們能做的，常常只是想像。回過頭的時候，已經錯過球果落下的過程了，只剩下吉他聲。我站在地勢較高的地方，望見山區旁的溪道兩側一片亮，疏洪道的路燈和住家樓房，散發著像是金礦一樣的黃光。

詩是我心裡那把不熟練的抽象的火，詩是為了青春的焦灼而謾罵的歌，詩是施力節制、過門流暢的鼓手。我曾用盡所有方式，去重現球果掉落的輕輕的聲音，詩是其中我所知道最好的方式。我這樣想。更遠處是一片黑，那是無人的山區，沉默而漆黑的觀眾席。我靜靜的看，靜靜回想自己曾經在心裡大聲的對著那些黑暗的場景說過的話。

還有15天。

14 狼犬

今日上班時選擇一條先前未曾走過的小路，老社區的巷弄裡，家家戶戶種著植物，闃無人聲，但能聽見舊式的抽水馬達規律運轉的聲音，像是呼吸，平靜的勞動者的那種呼吸。我放慢了車速，仔細去聽，讓自己的引擎聲混同其中。那聲音像是老人沉睡時的鼾聲，又像是年輕思想者轉動著新銳的齒輪。

機械的聲音總讓我想起印刷廠裡轟轟作響的機具，聲音很大，但聽久了竟覺得安靜。高中時候最認真待著的社團就是校刊社了，那時的排版技術還不那麼普及，許多軟體我們並不熟悉，時時得往印刷廠跑。長期合作的那間印刷廠有一個寬敞的中庭，有時停滿了員工與客戶的車，有時擺滿了剛從紙廠叫來的紙或待出的貨，有時則什麼也沒有。

什麼也沒有的時候往往就是最忙的時候。我們常去印刷廠，得過了那個寬敞的中庭才能走進廠房、進而通往二樓的排版室，中庭養了一隻兇悍的狼犬，品種可能不是太純，但忠心耿耿，第一次去印刷廠時便被牠的吠聲嚇了一跳，那聲勢真是驚人啊。印刷廠的經理總說沒關係，那狗都拴在中庭裡的固定位置，別靠近就是了。有時出刊在即，我們幾個校刊社幹部總得在那裡耗上一整天，苦苦補足落後的進度——長長的青春期中，我們總是覺得自己已經老了、進度落後、永遠追不上那些我們渴望追求的什麼：女孩，功課進度，詩，理想中的那個自己。離開印刷廠時天色都晚了，中庭又暗又靜。狼犬此時通常已另栓到前門去了，遠遠就扯著鐵鍊對我們大聲的吼。我們疲憊的走過安靜的中庭，經過平常鍊狗、但現在什麼也沒有的位置，心裡懷著警醒而奇異的、無法形容的存在感與失落感。

我的進度總是落後的。後來一直寫著、屢獲文學大獎的信恩那時也是雄中學生，與我同屆，校刊裡面到處都是我倆的名字。但我們的個性完全不同。那時我隱隱知道他已經提前寫出了很多更雋永更崇高的大愛和情感，而我還在浪漫的青春情懷裡打轉。我知道自己的進度是落後的。但那時總覺得有什麼關係呢？十六七歲，誰跟你崇高你跟誰雋永？青春嘛，青春就是要進度落後。這可能是信念問題了。信恩後來寫過一篇小說，叫〈複印〉，寫一個在影印店打工的店員搞丟了客戶要印的族譜，族譜平空消失了，留下平空存在的人。小說的最後，那店員發了狂的趴在影印機上，徹夜影印著黑暗的自己。讀來教人心驚，但那小說的筆觸是溫涼的，讀著讀著，心驚的感覺也漸漸平息下來。我們誰不曾搞丟自己的來歷，誰又不是日日夜夜複印著暗黑的自己呢？

畢業了以後，我仍然常去從前那間印刷廠，第一本詩集《虛構的海》便是在那裡印成的。印刷廠的氣味，印刷廠的聲音，總讓我想到那篇小說。但小說是小說，印刷廠裡其實都是木訥沉穩的人，操作著可靠的機器，日復一日印出那些光怪陸離的作品。最傳統的一群人生產著最新穎的作品，這真是不可思議。但再多的不可思議都已經不是問題了。我去台北唸過大學，見識了更豐富更多元的藝文環境，又去過花蓮學習創作，碰觸到更日常更真實的人文的土壤。許多的怪異都已經不是問題了。但偶爾為了印務回到高雄這間印刷廠，待在二樓的排版室中工作時，仍時常聽到那隻已經老了的狼犬逞足餘勇，對著來往的新舊客戶甚至工廠員工，一視同仁的狂吠。

這麼多年過去，印刷廠上上下下都認識我了，那狼犬其實一定也認得我。但認得還是得吠。有時候又為了出版的事在印刷廠搞到很晚，下樓喝水，牠見了我仍不免高聲吠叫，我不理牠，隔著兩三公尺的距離坐下來與牠對望，襯著印刷廠夜間繼續轟轟運轉的機械聲，對牠說話。狼犬便靜了下來，趴坐下來，搖尾巴，吐著舌頭聽。我絮絮叨叨說完話站起身，往回、或是往廠外走，牠卻又立起身憤怒的吠叫起來。

有時我覺得那狼犬比我更接近詩。詩是碌碌運轉的聲音壓抑的響在印刷廠和每一個古老的社區裡，詩是那隻強悍的狼犬，忠心但不屬於誰的狼犬，垂老的狼犬，有自己無限上綱的情感，也有自己無限上綱的原則。

詩是無限，讓我明白自己的極限。我可能永遠不能接近那隻黃褐相間的狼犬。

還有14天。

13

花蓮的海

還有13天，我懷念花蓮的海。網路上看到研究所學妹將相簿取名為「看得最遠的地方」，裡頭全是陰雨天的七星潭，才想起來，我已經很久沒有看到花蓮的海了。

與我所去過其他地方的海都不一樣，花蓮的海是更充滿原始力量的。有時正逢漲潮，面向大海，能感覺大海彷彿是蓄集了所有的情緒，一層一層的浪推擠著向我湧來，甚至彷彿越過我，成為轉折向上的海岸山脈。我仔細觀察過花蓮的海浪，浪裡複雜的紋理，令整面大海看起來像是一面悲傷而且時時變質重組的巨石，濺起的浪花，貼水捕獵的水鳥，躍出海面的魚或鯨豚，都像是巨岩崩解出的碎屑。

若是退潮時分，卸下防備，坐在浪的前緣，聽著海以一次低過一次的浪頭、細心清點綿長礫石灘上的每顆卵石，全知而無一遺漏——時間收手了，嗚金收兵之際失去全部，卻不損一卒。在這時候，反而覺得不留情面應該就是最大的溫柔了。碩士班的最後一年我時常去看海，總是碰到退潮，像有什麼神秘的意旨正給我暗示。那時候我喜歡走進退潮的海浪裡，感覺海水湧過我的雙腳又退卻，一次比一次更遠，帶著挽留的意味，感覺更細的小石和七彩的粗沙層層覆蓋我的腳掌，感覺自己是自願留下的，而不是被放棄的……

花蓮的海全都知道。時常我覺得，海中應當有著什麼我不認識的神。每一次湧起的波浪，都將我們的理性、感性、以及不能歸納的其他人性向上提升一些——更靠近美一點點，更靠近未知一點點，更靠近小孩一點點，更遠一點點。我上網找來那首流行歌，我要去看到最遠的地方，我要在看得最遠的地方。我看著那網路相簿發愣，無意識的一張看過一張。冬天的花蓮多雨我明白，陰雨的天候裡，我們是看不清楚遠方景物的。

我曾與那女孩一起去看過花蓮的海，看過祂與她晴天的樣子，也看過祂與她雨天的樣子。有人告訴過我，喜歡都是有原因的，也都是沒有原因的，我完全同意。感情低潮時所寫的《慢情書》裡，許多場景都是花蓮，有些真正發生在花蓮，有些我寧願它發生在花蓮。我在花蓮時也寫過許多詩，但那是不重要的。對於花蓮，我們都是旅人。所有的事都是過去的事了。

有時候只是想念。花蓮的海全都知道。曾聽過有人將家裡電話的來電答鈴就設為〈看得最遠的地方〉，聽到這歌，就想到家。旅居花蓮的那幾年，有過好一段時間，我透過詩反覆追索著「遠方」的概念，以為自己是嚮往遠方、以詩為家的。這說法是有點太過浪漫了，參雜著永遠在遠方、以遠方為家的意思。但現在看著相片裡的花蓮的海，重讀從前的詩作，我才明白家並不在遠方，家是起點，家就是看得最遠的地方。

我與那個女孩一起去看過海，我為海寫過詩，我也寫過那女孩，「如果飛魚躍出海面，妳會不會發現？」。我也曾經不寫，任由時間帶來又帶走一切。這些那些，花蓮的海全都是知道的。

我要去看得最遠的地方。還有13天。

12

陌生之路

我喜歡走路。

或許不該說是喜歡，而是我需要走路。那年大學考得不如預期，未來一片茫然，心裡雖清楚家裡就希望我唸法律，但難免還是有點不太甘心。我與友人們約了一起去看大學博覽會，在中山大學，校園裡擠滿了在過去與未來的夾縫間努力求存或一心求死的各種學生，我常去的海邊卻空無一人。整場大學博覽會逛下來，除了不被理解的寂寞以外一無所獲，我拿著滿手翻都沒翻的彩色文宣，一個人走到海邊。空蕩蕩的海邊被打掃得乾乾淨淨的，我們曾扔入海中的那些酒瓶，如今都到哪裡去了呢？下午逆光的海，好像是黑白的。

我坐了一會兒，決定走路回家。那段路不算真的太長，但也不短。我家在高師大附近，兩地相隔約六公里。六公里其實也還好，半個下午便到了，但由於從未徒步走過，而顯得格外漫長。我走著走著，慢慢理解自己已經真的18歲了。高三一年少了閒晃的興致，突然覺得市景變得非常陌生。我們曾並肩走過的那些老街與新店，店中所放的那些過了季的流行音樂，如今都到哪裡去了呢？

後來在花蓮唸研究所，一次球隊暑訓體能訓練，我也曾突發奇想，帶著學弟走了六十公里的路從志學到瑞穗去，天黑出發，走過太陽剛剛升起的上午、令人幾乎中暑的正午、疲憊傷心的下午，直到另一個黑夜才能抵達。我們一路說笑，眼睜睜看著各種現代化的交通工具呼嘯而過，指著路旁和路中提醒車輛放慢車速的「慢」字標示，感覺自己備受嘲笑。但沒有誰能代替誰往前多走一步。長長的路我們一起去走，彼此作伴，彼此見證自己是如何與自己的軟弱獨處。

那是六公里與六十公里規模的孤獨，往後或者我還會經歷更久更遠的孤獨、經過更長更遠的旅路，抵達某一個遙遠的地方，然後回家，知道自己透過這趟漫長而寂寞的旅程，終究不能改變我所期待的那些什麼，但也知道自己已經不再一樣。

詩是生命裡的徒勞之舉。詩是一種狀態，走長長的路，讓我發現，我所寫下的字字句句，並不是我生命的全部。

還有12天。

冬季晴日餘事

天氣終於放晴了。

下午出門時，天氣終於放晴了，陽光鋪天蓋地的灑了下來。走過一棵又一棵蕭索的大樹，葉子多已落去大半，勢不可擋的日照直接曬在我的臉與臂膀上，但那感覺與其說是陽光，應更接近流水。落葉積累在地上，走過去便發出水花一樣的聲響。我熟悉這樣的陽光，初來台北唸大學時，就是這樣晴朗的冬天讓我了解何以人常說似水年華。冬季的陽光溫而不傷，與其說是照看著我，更像是漂浮在我身上。

這樣的晴天總令我想起待在球隊的日子。我曾在這樣的晴空之下打過各式各樣的球隊。棒球，籃球，排球，班隊，系隊，校隊，還有學校以外、久而久之因為各種默契而組織起來的無以名之的更多球隊。這樣亞熱帶的冬季晴天太舒服怡人了，往往令我們忘記日子本身是如何的危險。在球隊裡，我們經歷過日子最殘酷的考驗，在各種重要的時刻，受過手腳身心各式各樣的傷害，並反覆在同一個地方受傷，直到你終於對自己承認確實受了傷為止。晴朗的日子行雲流水地傷害著我們。我們一次次在美好的冬季晴空下曬得全身發紅、脫皮、進而轉為帶著堅強與樂觀意味的黝黑膚色，得經過許多日子（多半也是霪雨霏霏的冬天，躲在重訓室裡反覆鍛鍊自己的耐心、反覆琢磨自己放棄的念頭），才能漸漸讓衣領的上下兩側，回復到同一種顏色——溫暖的膚黃，以及善良的牙白，不仔細去看，就好像什麼都沒有發生。我們也曾當著冬季晴朗的天空下彼此爭執，有過許多因為信賴與期待而生的不快，而且時常與女孩有關——有時旁觀女孩之間的不快，有時也為了女孩而彼此不快。但事情總會過去的。曾經那麼多難以釋懷的不快樂，如今都變成了淡淡的雀斑，成為無人注意、惟自己對鏡猜疑時才會在意的隱密的遺憾。

這是與所有人都相關、但只對自己發生意義的事情。我試過制止自己回憶這些事情，也試過制止自己在意。但這無異是抽刀斷水了，不過讓鋒銳而嚴厲的刀鋒在一次次的徒勞無功中慢慢氧化、變鈍。冬季晴日的氣味、溫度、濕度，時時都提醒著我關於「我們」的種種細節瑣事。我在不同的場合，同樣的季節，一次次對著不同的隊友重述我十六歲時說過的話——我練球從來都只為了快樂，不為了贏；如果我練球是為了贏，那是因為我認為能和我的隊友一起贏球，是最最快樂的事。

冬季的晴日展現的是一整體的概念：不論快樂與否，我是那樣真心在乎著每一個我們。在冬季的晴日底下，我們曾為了球隊開過無數次的慶功宴與檢討會。但我們的優缺點其實永遠沒有改變啊。我們反覆慶功，然後反覆檢討開會，檢討自己，檢討別人，為了大小諸事慶功期勉，無非是希望自己繼續妄想自己可以改變世界，而我們當中的每一個人，也都不要變。

我只寫過極少數的詩去記錄這些。詩是我自己寂寞的慶功宴，幸福的檢討會。相較之下那時我在乎個人以外的部分更多一些。我懷念那個總能為了什麼而朋黨之間私相授受的人生階段——可能是球隊，可能是詩，可能是女孩，即使那些年我們是那麼講義氣從來沒有一起追過哪個女孩，但隨之而生的喜悅或失落卻仍那樣密切相關。我是真心懷念那時的我們竟能真心為了一件事、或真心願意以一件事為藉口而重視彼此。我也真心祝福每一個離開的人——如今只剩下我等少數人繼續滿懷困惑、不合時宜的寫下去，或打下去，或想念下去，未嘗不是一件好事。

冬季的晴日讓我理解真正的短暫與真正的永遠。詩寫到再好，也不過生活餘事。還有11天。

10

回到音樂

整個下午，樓上的演奏廳都放著音樂。

似乎是在測試音響或者什麼相關的設備吧，挑了許多百轉千折的西洋流行音樂，那種能為聽眾帶來超過自己所能負荷的勇氣與情緒的音樂，但從我們這裡聽上去非常小聲。我在樓下的辦公室，邊忙著手邊的事，邊分神去聽。歌很好，有些我認得，我曾在研究所熬夜趕著報告時反覆播放過其中一首歌，但可能真是音響的問題，部分段落聽上去挾帶著沙沙的雜訊，偶爾又砰砰作響。那歌像是一個長年住在隔壁的、友好但是孤僻的陌生人。

但那不妨礙我對那首歌與那段時光的喜愛，只是如今什麼原因都想不起來了。我走出辦公室的門，努力的回想副歌的部分。但無論如何就是想不起來，想起的全是喜歡那歌與那歌手時所發生的往事。從前認識一個音樂圈的前輩告訴過我，副歌是最重要的。我拉著辦公室的門把，有些猶豫。那猶豫不單純是對於此時此刻，而更像是無時無刻的。對我來說，最重要的到底是什麼呢？

我最後還是決定掩上辦公室的門，偷偷上樓去看。沿著樓梯向上走，音樂也越發大聲了起來。演奏廳的門沒有關，就敞開在那，我往內走，轉過玄關，發現空無一人的演奏廳裡燈光大亮，毫無節制的播放著剛剛我得非常努力、才能勉強聽見的那一首歌，正進行到主歌的尾段，女主唱放低了音量，有些哀傷，彷彿試圖延續什麼。緊接著就是副歌了。我雙手抱胸，心裡明白，等副歌一下，我就什麼都會想起來了——那個彷彿所有鏡頭都突然盤旋著拉高拉遠的夏天，那個女孩抱膝坐在海邊，身旁站著一個對海高高張開雙臂的少年……

生活是二部曲式的樂曲，青春是第一段的副歌，經過童年久久的醞釀鋪陳，才終於發生。一個中年男子從演奏廳的中控室中走了出來，表情木訥，但看上去並不疲憊，對我輕輕點頭。然而我是疲憊的。我轉身就走，轉身下樓，遠遠的，終於聽見了對第一段副歌稍作變化與修正的、我更熟悉的第二段的副歌……

還有10天。詩是從樓上傳來一首我所深深愛過的歌曲，而我在樓下久久、靜靜的等待第二段的副歌。詩是從樓上傳來一首我最熟悉但聽不清楚的歌曲，經過空間與時間的阻隔，因為我的想像，與想念，而從歌曲，終於還原為音樂。

還有10天。

9 極限

或許是受了友人H的影響，我也開始看天空了。

H是工作上的同事，話不多，個性耿直，但很幽默，是有夢的人，正在準備考試，想走航空業，當機師，是從小就懷著夢想而且彷彿永遠都不會放棄的那種人。我們常常聊不起來，偶爾聊開時又總是一些顛三倒四亂七八糟的事，我有時也幽默，但我其實也不是喜歡講話的人——我甚至常覺得自己是不太會說話的人，無話可說時，我就用寫的。一次H過生日，在大家合寫給他的卡片裡，我想了很久，猶豫老半天，最後還是決定寫了，我寫，天空才是你的極限。

「Sky is the limit.」我在不同的場合聽過這句話，多半是出自一些懷著遠大夢想、而非現實欲望的人。但我自己倒是很少說。其實應該可以多說一點的。H喜歡拍天空，相機和手機裡存著許多美麗的天空的雲彩，美得彷彿經過後製處理，但其實全是實景拍就的樣子。我很喜歡那些相片，有時閒步走出辦公室，到露台上也不由自主地抬頭看看天空。有時是海藍色的，有時是水鳥般的灰色，有時只是一片白，有時是躲在房裡寫詩一般的橙黃，有時是一件想不起來的瑣事那樣的紫色，有時候，是我還無法形容的某種顏色……

但我遲早會為那顏色找到一個詞彙的。我29歲，七年級前段班，在很多人眼中我已經長大了，在另一些人眼中我還菜得可以。但那又怎樣呢？我自知我已看過很遠的地方，比如我的心和我的夢想，我也曾經耽溺徘徊在最近的地方，比如說以為夢想已經幻滅的失意和絕望。我仰頭看著天空，看見天空裡的雲緩緩變形，符合我的聯想，違背我的希望，最後超出我的想像，繼續變化，而我相信它終將抵達我期待它成為的模樣。

我見過天空，如每一個人都曾見過的。我見過許多對我來說無比重要的事情。島嶼南方的陽光、太平洋海濱的風暴、愛與傷害、燦爛千陽日出又日落、最好的球隊、神話與科學、好故事、鬼故事、以及詩，這樣許許多多的事情當中又發生了許許多多的事，許許多多的事當中有著許許多多極其細膩的紋理，彼此相連，組成一粗略但明確的感覺。它們花了長長的29年，教我一個重要的觀念：如果你想做到，就要毫不在乎但是全力以赴。

詩是我的老師，也是我的教練。想起日前網路上看過一支影片，二〇一一年中華男籃的培訓紀錄，影片從陳信安、林志傑一路拍下來，最後是當時隊中最年輕的張宗憲。他斜睨著鏡頭，露出那種有點不好意思、但桀驁不馴的眼神——那眼神如此熟悉，彷彿帶著責備和不屑的意味要我記住從前那樣的自己。從前我也可以這樣直直注視著對我說話的人，告訴他，「我可以，打敗任何一個人。」

還有9天。

8 完美的事

這些年陸陸續續接到友人的喜帖。本來沒當一回事，但接得多了，不得不覺得真有那麼一回事。在友人的囍宴上，我與鄰座的老友聊起當年的我們，考得最壞的人如今成就最高，女人緣最好的人如今仍然單身，心裡空空洞洞的，不勝感慨。我想起另一位友人日前寄來的喜帖，上面由兩棵鏤空交纏的夫妻樹構成一個抽象的囍字。我笑著對鄰座的老友說，我們都是被緣分留級的學生。

結婚只是其中一個狀況，或者應說一種現象，29歲時候的我們有太多以前無法想像的狀況與現象得處理了。如果人生真是一棵大樹，那麼「可能性」與「逃避」應是貫穿樹身的兩條歪斜的線，實存之我與理想中的我，正各自循著長長的軌跡，逐步逼進兩條線相距最近的那兩個點——與其說是逼近於此，更像是對峙於此。無數條的歪斜線隔著等長的距離對峙於此，使所有的點，圍繞成一個完滿的圓。

詩是中間那個凹陷的樹洞。沮喪有時，快樂有時，偶爾有愛，偶爾也難免有憾。但所有的情緒，最後往往都會因為自省與自知而退化為懷疑和迷惘。我時常湊近那個凹陷的樹洞，有時往裡面窺看，有時對裡面訴說，有時候附上耳朵，期待能夠聽見什麼。

但樹不曾理會我們。想及友人與其前女友曾於母校植樹節手植的樹苗，如今應已遠遠的高過我們。分枝散葉，透露出陽光，星星點點的灑在我們各自的身上。

還有8天。

7 台北天空

辦公室外有一大片長木板交錯拼成的木棧道露台。工作的這段日子以來，我最喜歡的地方就是那個露台。我喜歡那種厚實、能夠吸震的木質感，那讓我感覺到有什麼是默默支持著我的；我也喜歡行走其上時、木棧道發出輕輕的聲響，像是有人低低應話、想讓你知道你的想法他正在聽。

後來才知道木棧道露台下是別有洞天的。那日聽同事說了，木板下的某處有一個秘密的蜂窩，原先沒有，是近日才有的。跟著同事們紛紛去看，大家湊近地面研究，木頭夾縫中能隱約看見忙碌的蜂群爬行在井然有序的蜂窩間。那是無害的、秘密貯蜜的尋常蜜蜂，但看上去急急忙忙的，也為著牠們的日常生活。

我非常喜歡那個蜂窩，時不時就走出辦公室的門去看看，感覺蜂巢似乎越來越大了，偶爾有蜜蜂飛出地面，胡亂繞了幾匝，往一旁秘密開花的樹叢飛去。那幾日正逢校內裝置藝術展品的佈展期間。展品的名字叫做台北的天空，是幾件巨大的、能在夜中發亮的籐製雲朵、太陽、和月亮。有時看到佈展人員在木頭露台上忙著，不知道有沒有發現蜂窩，走過來繞過去，偶爾交頭接耳，動手去轉動一個充滿齒輪的機具。不知道展品裝置起來會是什麼樣子。

齒輪在運轉中以無法察覺的速度不停磨損。我喜歡齒輪的概念。齒輪會因為磨損，因為契合，而成為真正的齒輪。這樣過了幾天，一日獨自加班到深夜，走出辦公室，竟發現那幾件籐製的裝置藝術品被高高懸掛起來了，並由內打亮了照明燈，「台北的天空」真變成了黃澄澄的雲朵、太陽、和月亮。兩個抱著吉他的女孩坐在一旁，在燈光所照不到的女牆下，小個子女孩一邊彈著一邊唱歌，另一個高個子女孩只是輕鬆的刷著和弦，都沒有注意到我。我不知道那是什麼歌，但我已經很久沒聽過那麼好的歌了。我一邊走過牆的另一側，心裡不斷冒出美麗的句子。我也很久沒有寫出那麼美好的句子了。

但我什麼都沒記下來。美好的風景曾無數次造訪我心，並不是每次都能變成相等分量的作品。特別是詩。詩是消逝之術，這是詩的溫柔與殘酷之處。隔日早上是沉鬱的陰天，上班時特別繞了路過去看看木頭平台。台北的天空仍掛在那裡，但裡頭的燈已經暗了。也沒有人抱著吉他靠著一旁的女牆唱歌了。我站在「台北的天空」下，低頭找尋木頭夾縫裡的蜂窩。蜂窩還在，但蜜蜂們在夾層裡動也不動。

原先還覺得奇怪，靠近去看才發現，蜜蜂們都死了。

關懷與愛什麼也不能保證，只是在乎。在乎也有溫柔與殘酷之處。

還有7天。

6

瘀青

許多年來，反覆聽爸媽提起我第一天去上幼稚園就和人打架的往事。據說原因是大班的……應該說學長嗎？總之就是大班的小朋友搶了我表弟的口香糖。表面上看起來簡直是為正義而戰了。但其實這是一個非常概括的想像，裡頭另有很多解釋空間。那時的我到底是為了表弟被欺負而打、還是為了搶奪行為而打、還是單純而且非常不堪的為了口香糖而打呢？讓我們看一段VCR——

當然是沒有VCR的，現在連VCD都沒人在看了還VCR。太多年過去了，童年的回憶彷彿是一個因為格式不符而難以讀取的謎，我甚至已經不太記得這件事的過程了，畢竟這只是我打過的無數場架的其中一場，往後多得是更精采更光榮以及更難堪的。我只記得那時返家掀開衣服，看到胸口上的一個瘀青的印子。爸媽也沒對我提過我那時打架的「真實原因」，只提到接我放學的祖父母的心疼。唯一可以確定的，是我回到家換衣服時滿身都是瘀青和擦撞傷的傷口。

現在回頭去看，一切似乎都很容易理解。在小小朋友的世界裡，一歲就是一個量級，不管理由是什麼，越級挑戰而且還一次打十個，下場可想而知。這就是現實。現實其實很早就向我明白展示了殘忍的一面，但我卻花了很長的時間，才稍稍搞清楚「現實」這個辭彙的意思。往後我還有許多次、更多次、幾乎可以以無數來形容的次數嘗試去挑戰過現實，但是……

總之那是我史料可考紀錄裡第一次和別人打架：仁愛幼稚園不仁無愛，人生首戰，生涯首敗，感覺裡頭好像預告了很多東西。長大以後的我和祖父母並不很親近，所以也始終沒有向他們確認過這件事情的來龍去脈。祖父母現在也過世了。都過世了。我記得祖父過世那年我國二，晚了兩週才被父母告知這件事情，媽媽邊開車邊告訴我這事時外頭下著南方少見的滂沱大雨，而我其實早前幾天就曾在睡夢中見到過世的祖父對我說話，後來辦喪事的過程中，也陸續發生了幾件神秘而難以解釋的事情……

後來覺得不可思議的事情，往往當下並不知道珍惜。祖父生前是直率的人，喜歡讀報，對許多事好奇，很有正義感，日治時期曾為了鄉里徵兵的制度而站出來護衛過一些事。但祖母並不是，祖母總是靜靜的，敏感，多慮，傳統而小心。祖母過世時我已經在唸研究所了，老人家高齡，狀況不好已許多年，大家心裡都有準備。祖母的喪禮辦在很好的晴天，在祖父過世、大伯健康不佳以後無人耕作的荒田裡。那是我與許許多多親戚最後一次見面……

往事不要再提，人生已多風雨。有時候、越來越少有這樣的時候，會從收音機裡聽到這樣的老歌，簡單的字裡閒置著複雜的道理，幾乎就是詩了。但從前並不覺得那是好的。從前只覺得它簡單，那是因為從前的我也簡單；從前覺得它老套，但從前叛逆的我其實是那麼需要那些老套；從前常對許多人與事物感到不耐，但要在多年以後才明白，我之所以可以不耐，是因為許許多多的人事物，對我付出了超乎我所應得的忍耐與愛。

詩是我胸口久久不散的瘀青。我時不時去揉它，希望它會好得快些，但並不自知，其實我也希望它好得慢些。

還有6天。

5

搖滾樂

亂彈阿翔為電影《翻滾吧！阿信》所寫的〈完美落地〉得獎了。

金馬獎最佳原創電影歌曲。阿翔並不是第一次得獎了，早在二〇〇〇年前後就曾兩度得過金曲獎，那樣滄桑的嗓音是我們那時熱愛搖滾樂的人都熟悉的。雖然不是每個人都喜歡那樣的聲音，但一九九九年獲獎時，他高舉著獎盃對全場觀眾說「樂團的時代來了！」的畫面，幾乎給了那時所有的我們同等的希望和勇氣。

金曲獎從二〇〇〇年將該獎項改制分組，樂團從此有了獨立的獎項，名為最佳樂團獎。但樂團時代真的來了嗎？我向不同的朋友提過阿翔，也提過同屆提名的五月天、四分衛和脫拉庫，但除了漸漸紅起來的五月天以外，沒有多少人知道他們是誰，沒有意願深究他們是誰的人更多。我後來也不再把所有的注意力放在搖滾樂上了——寫作吸引我更多，球賽吸引我更多，孤獨和熱鬧、長久的沉默以及好好的言說都吸引我更多。現實世界吸引我更多。我得了一些獎，越得越多，但越發覺得自己是如此的少；我也去過一些地方，不同的縣市乃至不同的國度，經歷不同的生活，學習在愛與被愛、不愛與不被喜愛之中成長，有時渴望出走逃避、有時願意有所追求。遠方也吸引我更多……

我仍然記得阿翔的聲音，偶爾仍忍不住向旁人推薦，但不再那麼在意別人的回應了。我花費更多時間去聽，更多聲音，尤其是那些乍聽之下覺得粗糙、迫人，但細聽才能察覺內裡是更不易磨損撼動的沉靜與溫暖的聲音。

生活常是如此。突然想起昨天夜間趕路上山，走過長長的木棧道，風很大，風中聽見奇異而低沉的震動聲響，不很大聲，但充滿情緒與力量。四下尋找了一陣，才注意到木棧道盡頭的燈座螺絲鬆脫了，稍稍斜向一邊，但仍是穩當的，燈座中的燈泡仍散發著明亮的、澄黃的光，燈罩在漸強的夜風中細微的震動。

爬坡的時候，世界總是傾斜的。那些不易察覺但不為所動的力量，不只是詩的，也應該是我的追求。

還有5天。

4 空中再見

因為新書出版的關係去上了幾個廣播節目。雖然先前幾次出書已有過受訪經驗，但還是有些迷惘。我不擅長談詩，尤其是自己的詩，總覺得透過口語去談詩，幾乎是兩種語言之間的轉譯了，廣播則又更隔了一層，是聲音與電波兩種物質狀態的轉換。這樣輾轉溝通，能夠留下的到底是敘述者的本意還是閱聽者的投射呢？

但撇開那些，上廣播節目是很有趣的，對著麥克風講話，偷偷去看主持人面前電腦螢幕上跑動的數字與圖形，感覺自己進入了另一種狀態，經過我不全然了解的某些原理，變成電波，四下漫遊，然後被不知何在的某一台收音機器逮個正著，釋放出另外一種我自己不太熟悉的聲音。

我在說給誰聽呢？我邊談邊感到茫然，寫詩的時候常常也有這樣的感覺，看海的時候常常也有這樣的感覺，迷路的時候、戀愛的時候、夢中經歷許多事情的時候，常常也都感覺如此。很多時候我是迷惘的。但在那些迷惘的當下，我的情緒都是確實存在的。我的語言和想法，都是真的。小學和國中時期時常收聽廣播節目，幾乎每晚都聽職棒轉播，全心全意的支持著後來解散的三商虎——那時哪想得到球隊會解散呢？三商虎的打擊那麼好，球迷那麼少，每個人都堅定而熱切的想像著一座總冠軍獎盃的樣子。熱情是什麼呢？後來的事，就不說了。後來也喜歡聽廣播裡的流行音樂，那時還不太容易在廣播節目中聽到搖滾樂，電台播放的，多是情歌，或甜蜜或悲傷或迷惘，但那時我還未曾愛過。愛是什麼呢？更後來的事，都難說了……

上大學以後很少再聽廣播，離開家，上台北，世界對我展示著近乎殘忍的自由。我時常走在台北街頭擁擠的人群當中，四周的人群都說著話，無數的頻道越過我對他人傳送著訊號。我很少再聽廣播，但我還是寫詩。輔大沒有什麼寫詩的朋友，但有幾個朋友喻傳播，比如學姊H，很愛廣播，面臨快速轉變的時代我們一起聊過許多問題。廣播和詩的影響力都大不如從前了，高中時代曾經備受矚目的我們，影響力也大不如從前了，更強勢的媒體和更熱鬧的生活，吸引了大多數急於長大、缺乏耐心的人群。我們為什麼還留在這裡呢？

但她說總有一些事情是無法取代也不會改變的。廣播引人之處，在於你不知道接下來會發生什麼。廣播是要人目盲的。廣播的引人之處就在於你只能信賴那種看似隨機的內在邏輯，讓每首歌每句話聽在耳裡，都像注定。我們坐在操場邊的欄杆上，我還記得她捏著酒瓶、眼神空洞看著遠方的樣子，明明是迷惘的，看起來卻那麼有神。我靜靜的說，這不合理。她也沒看我，只是望著遠方問了我幾個哲學家和社會學家的名字，問我讀過沒有？我搖頭。她自顧自繼續說，總之內在邏輯這種東西本來就不會合理，就像是詩，那種不合理，就是命運。我看她心不在焉的晃著脫了鞋的雙腳，也晃著酒瓶，總那樣晃著，很怕她失手就摔破了，但四年過去了一直沒有。我還記得她轉過頭來看著我、彷彿看穿了我時的表情，果決得近乎幸福，她說，命運是沒有人能夠逃脫的。

許多年過去，我看過更多的詩，去過更多地方，遇見了更多的人，也慢慢學著了解自己。很少聽廣播了，偶爾仍然讀詩寫詩，更多的事情能令我感覺到同樣的孤單和溫暖。我對著播音室裡的大麥克風說話，又想起從前常聽廣播、喜歡寫字的時光，彷彿走在異地的大路上，一首我所深愛的歌曲、或者對我充滿啟示意義的話語，正轉換為一神祕的訊號，靜靜的經過我的身旁。

還有4天。

3
快車手

拿到駕照之前，有一段時間我十分為騎快車著迷。

多數時候還是只能騎腳踏車，南台灣的夏日晴空下握緊了單車的彎把，前方是黝深的地下道、或者豔陽下幾乎發著光的陸橋，我將書包拉短了甩在身後，卯足全力，提前一個紅綠燈加快了踩踏板的速度，讓未紮好的制服一下飛揚起來。起先會感覺到除了我以外全世界的運轉都加快了，市招與行人們刷地一聲就掠過我，消失在後頭。我也不回頭，繼續加快踩踏板的速度，到達某一個極限，然後，看看四周，感覺所有的風景都越來越慢，整個夏日的午後好像被拉長了，因為我全力以赴的某種決心而得以延展。我知道我越來越快。

只有很少數的時候，我能騎機車，但這家裡人和學校的老師同學，當然是不會知道的。那是一群校外的朋友，好學校壞學校的都有，當中也有好的學生與壞的學生。什麼是好呢？那時對好的理解，無非就是站在自己這一邊，或是正確的世界那一邊，這是兩種不同的好。我們為「好」畫了一條人情義理的界線，而法律和真實世界並不是那條界線。但那不要緊，我們知道我們是同一群人。我們都喜歡騎快車，但我們不是拎著大鎖或藏扁鑽在車廂裡呼嘯而過的那種人，我們不大聲呼喊，不挑釁世界——說實在的我們根本不在乎世界。我們喜歡騎快車，只是因為我們都寂寞而已。

沒有人來擔任我們的麥田捕手。沒有人知道我們在那個時間點時速一百的從砂石車和貨櫃車的車旁竄過、躲開警察和死神的追捕、騎過長長的靠海的路去小港，去港口或是機場，坐在那邊對著漆黑的天空或大海發呆。但是命運是知道的。這段時間為期並不久，一次出遊有個朋友打滑摔了車，走了。我們沒有人去他的告別式，不是不敢，但我們要對他說什麼呢？在那之前，我們就曾幾個人約了一起去事發地點，那裡已經清理乾淨了，沒有人，沒有車，沒有誰在風中拉起長長的鮮豔的封鎖線等待我們濫情的跨越，什麼都沒有。我們遠遠站在那裡，不願再靠近，看見正午的日光曬著，地上遠遠留著一道長長的煞車痕。

我們很快就散了，青春期的世界裡總會發生些什麼事，每次都彷彿是一次專為了一哄而散的劇碼而安排的臨檢。大考，背叛，戀愛，死亡，或者其他許多微不足道的小事。我再也不騎快車了。上大學以後我有了自己的機車，也摔過幾次車，但都不嚴重，一次車撞爛了但人好好的，一次下巴縫了幾針，另一次……。我的摩托車慢慢也舊了，需要我花去更多心力保養。車況似乎比從前更好，但我再也不騎快車了。有個女孩曾坐在我的後座，背著風和細細的小雨大聲問我，為什麼呢？我沒聽清楚，側過頭，靠那個女孩很近，我問，妳說什麼？女孩又重述了一次她的問題，飛散的髮絲不斷飄飛，碰觸我發燙的臉頰。為什麼呢？我遲疑了一下指指我的摩托車，故作輕鬆的笑著說，不太好，這是老車了。

詩是那道長長的煞車痕，我們都是衝動但願意為了護衛所愛而犧牲的人，但看犧牲什麼、如何犧牲而已。詩是似是而非的藉口，所有的藉口背後，都有一個比真相與真實的世界更重要的理由。

還有3天。

2 也許是星星

很晚下班，仰起頭想看星星，但只見雲層低低壓了下來，感覺自己彷彿沉在水底。我只能想像這個季節的星座。有過一段時間我真心對星座感到好奇，但其實無法理解——每次仰望陽台外的夜空，都只見到稀稀疏疏的幾顆星。希臘人是嗑了藥嗎？哪裡有星座呢？

小時候自然課教過星座圖，一個圓心固定的轉盤上，畫著整個星空可見與不可見的各個星群，轉動轉盤，時間過去，四季的星座一一出現在虛擬的紙上夜空裡。我記得我們一群人趴在低矮的課桌椅上，一起捂著手輪流去看某個同學帶來的星座盤。他的星座盤與大家的不一樣，重要的星星全塗上了夜光漆。人造的黑暗裡擬真的星星是如此的令我們著迷，即使都是假的，但那看起來比我們平日所見的星空更真。幾個好事的同學幾乎要為那個星座盤打起來。後來星座盤被老師收走了，不知道最後還給那個同學沒有。老師為什麼沒收那個星座盤呢？

多年以後，我曾在異國的森林裡，在花蓮的海邊，在某些人的眼裡看過真實的星空，夜空裡巨大的亮點幾乎要墜落下來，擊敗我，逼迫著我，催促著我的想像力運作。但現在的我已經不常經歷那樣的衝擊了。我時常回想，偶爾覺得快樂或感傷。稍早與學妹C聊到創作諸事，我說，創作是這樣的：我想做到某一件事，但那是不可能的，我能做的，是透過無數的嘗試與努力，經過一次又一次難得的偶然，與機運，無限的向那一件事逼近……

那應該就是星星了。漆黑的路上我繼續走著，走著，不意踢到一顆小而尖礪的碎石——我不那麼確定，但感覺那應該是一顆小石子沒錯。石子彈出去不曉得撞上了什麼，黑夜裡發出鏗然的聲音。

我在心裡想，也許是星星。

還有2天。

I

放風箏的人

還有1天。下午出外走走，看到河對岸的草地上，有人正在放風箏。

放風箏的並不是漫無目的奔跑的小孩，是大人了。小時候我也喜歡放風箏，但總放不好——最初一心一意扯著風箏向前跑的階段不難，跑就對了，風箏一下子就能逆著風飛起來。難的是中段一拉一放的過程。風夠大但又不真正太強時還好，能適度感覺到自己正與頑固的風相抗衡，這最簡單，就只需要專心與風搏鬥而已；但風勢轉小時就困難了，風箏很不穩定，茫茫然在寬闊的天空裡兜轉，一不小心就要栽下來。我討厭風箏掉下來，很挫折，又麻煩，得走長長的路一路氣餒的收線去把風箏撿回來。

風真的大起來時也不難，幾乎抓扯不住風箏線時更是簡單，因為爸爸會幫我的。我們很少碰到這樣的狀況，我自己個性也好強，爸爸很少出手幫我，我也很少給爸爸這樣的機會。大多時候爸爸就站在一旁靜靜的看我放風箏，偶爾出聲指點，總是被我制止。少數幾次風真正大起來時，風箏幾乎都要飛走了，爸爸才會默默伸手繞過我，也不問我，只像是抱著我一樣、替我拉住在強風裡彷彿疼痛一般劇烈震動著的風箏。

我站在露台上這樣胡亂想著過往的事。媽媽打了電話來，問我這週要不要回家，我說不了，事情忙不完，而且要出書了。媽媽細細瑣瑣說著寒假過年家裡希望出遊的計畫，但不勉強。我心裡有些窘迫，也不曉得到時有沒有空，只知道其實該回辦公室了，但現在較少打電話回家，就儘可能耐心回答。我也問到妹妹和爸爸。媽說妹妹工作也忙，爸爸也問過我什麼時候回家。媽說爸爸其實常問我什麼時候回家，但很少問我，都只問她。

我29歲了，出了第三本書，離家很遠在台北工作。29年前媽媽懷了我，那時爸爸也正是29歲。我是長子，以前聽親戚轉述爸媽在我出生時是多麼開心、花了多少心思照顧我和教養我，總不能體會。但現在好像漸漸可以了。媽又繼續細細瑣瑣問著出書的事情。其實成長過程中爸媽總不贊成我走寫作的路，家裡為此爭執過很多次，非常激烈的大吵過幾次，有一段時間我一直以為爸媽是看不起我也看不起文學的。直到幾年前一次回家，天氣很冷，爸媽都出門了，我想找一件非常少穿的大外套，在爸媽的衣櫃深處翻翻找找，意外看見了整疊我以前高中大學寫作獲刊的文章、以及幾年下來我編輯的出版的書籍。那些文章和出版品都被完整而小心的存放在那裡，書況良好，和許多厚實保暖的冬衣擺在一起。

我自己不太保留這些東西，那是媽媽偷偷留了收在那裡的。我隔著電話告訴媽媽，書還不錯，很多前輩很幫忙、願意推薦，出版社的人也很用心熱心，許多認識的和不認識的朋友也都願意支持，很開心，要她放心。媽媽沒多說什麼，只說這樣啊，人家支持你，要記得謝謝人家。

人家支持你，要記得謝謝人家。我訥訥的只說好，顧左右而言講著別的話。我沒有說但是心裡明白，這麼多年以來最支持我的，就是他們。隔著河，遠遠能看見那個中年男子還繼續輕手輕腳、節奏穩定的小心拉著風箏。線越放越長了，隔著那麼遠的距離風箏飛在遼闊的天空裡，但單看風箏時，你是不會察覺的。

謝謝你們，爸爸媽媽。

還有1天。

輯二

渴望重覆之樹

告別

親愛的S，

如今我又回到島嶼最邊緣的位置了。

炎熱的花蓮，無人的大路上風正吹動，讓人分外感覺孤單。閉上眼，我試圖想像，想像如果至今我與妳之間仍舊充滿那樣陌生的愛意，那樣尷尬又曖昧，輕輕的暈眩和因戀慕而生的虛榮感。風繼續吹著，鳥雀飛翔的陰影在充滿象徵意味的草木間發出窸窣摩擦的聲響，美好的園子裡花果因熱熟而動搖，靜靜發散著又幸福又落寞的味道。

我可以假裝不曾在意，也或許我真是不那麼在意的，雖然那些我始終無法迴避、卻又不願獨力處理的舊題，至今仍然存在於我與妳之間——一直以來，我們之間始終隔著一些距離。地理上的距離固然存在，但更多的是在地理距離以外：往日記憶，想望，情緒與夢，規劃與期待，不可測知的未來。只是這樣的一些距離而已，今後也不例外。但妳知道，我不總是就因而覺得孤單。一個人的時候我有酒，有歌和快樂的歌喉，有紙筆和美好想望。如果覺得孤單，我就去七星潭，去妳久久嚮往的陽光海岸。從黃昏到夜裡，感知萬物的色澤皆在不斷流動變化，一切都無可挽留地離開了，惟海始終是確定的。岸邊有風有浪，浪聲裡有我的許多幻想，快樂地襲來又靜靜退去，在沙灘上留下了真實的痕跡，但沒留下聲響，聲響都深深存放在我心裡。我覺得很滿意，關於這一切呈現形式與美滿的意志，我都覺得滿意且快樂。島嶼邊緣，此際此地，我終究是了解自己的。

妳呢？如今妳願意同意我終究是了解自己的嗎？或許面對著那些神秘的情緒與懷想，不只是了解與否的問題。我暗暗想著，許多時候想望之為物可能抽象可能具體，但那都不盡然是最要緊的。所以真正要緊的究竟是什麼呢？我也不知道。來此已有年餘，曾在夏末的細雨裡，我打著黑傘走過正在收成的水田，看見美麗的白鷺探頸啄食，蝸牛爬越溝渠潮濕的礫面，柔軟的葛藤植物互相糾纏、傷害，諸如此類，佈滿象徵意涵的許多細節。面對這一切我有時也迷迷濛濛想起妳，想著，忽而就覺得，大概什麼都不會是必然的了，大概絕望與希望其實多少都是虛妄的，終究能否在時間迷霧當中辨識真實的感受不在時空之遠近，只是一念之間。在水湜山沿、瓜果田間，季節的風景持續緩慢移動。我抬頭望見鳥雀奮力撲翅往返，彷彿長此一生，就只為了從我視野的最左，飛到最右。日以繼夜，天地的巨大書頁緩緩掀動，似是虛構的，又好像全是真實的。這些都重要嗎我思索，但因感傷而無法專心。我想妳可能是對的，我不知道的事其實很多。但我知道我是喜歡妳的。

至今我仍能記得，那時我們剛剛一起經過那個曖昧、忙於彼此試探的階段，開始在甜美的愛戀之餘，互相無意地傷害，傷害，而至分開，繼而放棄，釋懷，各自往赴山海的洄瀾並在彼重新相遇。秋日午後，日光自雲隙朦朧探下，在奇萊群峰間溫暖而慈悲地梳理叢叢樹冠，撫觸，閱讀。一些遙遠的傳說被蒼山翠樹偷偷掩蔽著，等待我們分頭一一翻找、指認幸福的路徑：雙雙交纏的林木、因相連而消長與共的水潭。那時，面對這些沒被寫出來的、隱喻的幸福與生活我們滿懷歉意，同感震動，感覺胸腔屢屢因被美麗的愛情打擊而發疼，但誰都忍著。誰都沒說破。在共同的時空裡我們刻意疏離，讓出一個隱密的山谷如盆如缽，呈滿整個花蓮霧雨的秘密。

如今我又獨自回到島嶼最邊緣的位置了，但這次妳已真的離開、而且永遠不再回來了。從此我們就將永遠的錯過彼此，不再因偶然崩落的思念的巨岩、或意外交錯的小徑而驚喜，不再因咸豐草一般貼身而扎人的秘密而困窘，不會再因彼此的打擾與刺探而受傷了。會不會這更接近當年妳所深深期待的，歲月靜好的幸福呢？此刻我仍舊不知道，也已經不再可能知道了。

生命之所以充滿挫折與哀愁的、絕暗絕冷的陰霾，是因為有稜角鮮明的喜樂與好惡，斑斕的夢囈，溫軟的手握時時相與對比、突顯。如果可以我仍想問，除了歲月靜好的想像以外，那些帶著陰影的溫暖，是否也同樣曾是妳為之心折且真心追求的主題呢？這樣的困惑令我猶豫，並想起電影裡的對白：「告訴妳一個秘密：眾神羨慕我們。因為我們的時間有限，每一刻都會因為過去而成為美麗，成為永遠。」人世宅居之間，幸福之為物可能抽象，可能具體。但如果唯有那些妳所期待的才是妳要的，我也只能選擇記得那些妳希望我記住的了。窗外四下無人，天色陰沉，隨時可能落雨。我無法就此放棄對妳的想像。甚至想像如果妳仍在，是不是也將同我一樣無法對彼此釋懷？是不是仍有著冬夜裡陌生的兩人躲在同一件雨衣裡擁擠地避雨，卻誰也不願意先說真心話、誰也不願意讓誰先離開那樣的溫暖？我繼續想像，為一切感到不忍。幸福也只是一種想像嗎？幸福仍在妳我的想像之間嗎即使妳已經離開。風持續的吹著，帶有更多寒意和懷疑，群山永恆而堅定的陰影已向我的住處伸展過來了，雨雲無常的陰影也是。可能生活也是一種情願甘心的想像我這樣相信，或可能生活只是一種對那些想像的解釋，只是時移事往，如今一切想像都需要妳我更堅定的意念，以及承受某些事實的勇氣罷了。

如今我又回到島嶼最邊緣的位置，且不久之後就要離開。窗外此刻就要真正下起雨了，水田又將漲滿，生長其間的草本作物又會快樂地抽長，汲取雨水為著來日更好的日照準備。妳知道的，如今我一個人回到路上，感覺時光如流，時而沖刷妳我色澤瑰麗、節理分明的回憶岩層，露出那些灰白、寂寞、堅硬、正緩慢變質成為新岩種的部分。那些曲折的紋路像春天的河，我在其間隱密泅泳，覺得被擁抱，覺得溫暖而幸福。

即使妳我之間仍隔有一些距離，即使如今的妳對我而言已更為疏遠、陌生。那都已不再重要。在某些清澈水波的倒影中，我能明白照見我們自身，不僅了解並且願意承認，某些熟悉的情緒及其枝節仍完好地存在：承諾乃至遺憾，愛與美的渴望，良善的想像透明若光。走過時光減速慢流的河曲地帶，現在我也將要離開。

我們已經來過這裡。雨就要落下了，現在我得出發。親愛的S，在最後一個美麗的河彎處，我已能呼吸平靜、一個人獨力寫下這些過往的憑證。不為什麼，我知道妳會知道的。

雨落下。河濱花叢盛放，春意斑斕的誓言不止地腐去又萌芽，露水盈盈，閃爍著許多秘密，濕潤的時光裡，許多隱喻，相對凝望，永以為好，永以為好。

遠方

又是盛夏，陽光下一切更加清楚，彷彿充滿了希望。

學期間找到空檔回了趟高雄。一如預期中炎熱的天氣，我所熟悉的那種夏天。熱風在近在遠吹著，不知道是遠方的風景因熱氣而顯得扭曲浮動，還是我的心思因熱氣而扭曲浮動。在更遠的地方，新的大廈還在繼續興建中，輪廓清楚，概念模糊。

許多的改變都讓我覺得模糊。一日下午偷了空、跟著人潮去了一趟近年開幕的夢時代，但只是下車繞著外圍走了一圈，只是看，沒有入內去逛。四周掛滿了寫著「時尚南遷，夢想成真」字眼的彩色布條。可能在心裡更深處的某個我，仍然是抗拒著都市的高速變化而不自覺的。夢時代。這是他們的夢時代啊，不是我的，既然不是我的，那應該附近看看就足夠了。夢時代。怎麼會是夢時代呢？四周空曠的大片荒地或者就比夢時代本身更接近夢的本質吧。我這樣想，旋即意識到大概只有我仍這樣想著了。那些跟台北女孩品味越來越接近的高雄女孩們臉上掛著笑容，散發著神秘的香息與我擦身而過，不知道是更快樂了呢，還是更不快樂。我覺得有點困窘，我甚至不知道應該希望她們因為高雄的發展而更快樂還是更不快樂。

回到車上，車內廣播放著五月天的〈為愛而生〉。有些團員已經成為爸爸的五月天，我曾經很多年忘了去聽、無意去談的五月天。車窗外的天氣很好，稍稍向晚的天色，鳥群飛行於無比寬闊的天空。這仍是南方夏天的下午。比搖滾樂的高音更厚實更明亮、比我們的記憶更寬闊更堅強一點的，南方夏天的下午。在那當下，我幾乎以為雖然十年過去了但其實什麼都沒有改變：我仍在這裡，一無所有，大廈仍在遠方，工廠巨大的煙囪也在遠方——不會太過遙遠、太難抵達，但也不能輕易靠近的遠方。我幾乎是要這樣以為的，幾乎是。

可能也是因為那一瞬間的錯置。過了幾個路口後，當我再次透過後視鏡張望，雖然背後那座巨大的摩天輪是這樣結構分明、新穎而真實的矗立且轉動著，我卻仍有些疑惑——有那麼一瞬間我是真的以為，那其實，只是一座已荒廢了上百年的兒童樂園。

少年快報

因著在外求學而必須往來南北東西的這幾年，時間於我有了更具體的意義：不同的車次車種，不同的時刻與速度，定義越發模糊的「去程」與「回程」，興奮與疲倦等等情緒像是快車進站時的氣流，一次次於出神之時幽微之處擦傷我。往往是這樣，在不意之處喊疼受傷，在意料之中結痂、留疤，然後意在言外地默默長大。

回花蓮——或說是去花蓮的那天早上，天氣很好，預期要來的鋒面不知是還沒有來，還是已經悄悄過去了。在月台上候車時，意外看到便利商店架上販售著的漫畫週刊。《寶島少年》竟然還在，《少年快報》則在左上角小小加了一個新字，變成了《新少年快報》。書一樣被緊緊裹覆在用指甲使力一刮就可弄破的透明包膜裡，彷彿保護著某個伸手可及、但我們還不能輕易拆穿的神秘世界。那樣一個粗糙而激情地連載著的世界：永遠不一次把話說完，永遠不會把話說死的世界。

那時我們不講如果還有明天——當然還有明天啊你唸書唸傻了嗎，當然還有明天。下禮拜三就是明天。又會有某個同學買來新一期的《寶島少年》在班上傳閱，混合著三對三鬥牛後的汗味、教室外陽光曝曬著枯葉的淡淡焦香、老師講課的聲音、現在已經回想不起來的稀奇古怪的白日夢等等，一起藏在抽屜裡偷偷閱讀。上課之後總會下課，這週三過完下週三很快就來，日日野晴矢會碰到新的對手，一個頭腦簡單、或正或反的大塊頭老頑固或定義模糊的小流氓，或只是一個還拿不定主意、不知所謂的痞子，然後一視同仁的從背後抽出平底鍋狠狠揍他們一頓。

我不知道該如何解釋自己在月台上看到它們那一剎那的心情，「原來啊這仍然是有夢的年代」，大約是這樣的意思吧。大約是這樣，不過當然我已經長大了，夢想如今於我如浮雲，本來我以為是浮雲的名利和社會現實卻不時變成暴雨落在我身上。此刻月台上仍有著早晨的寒意，但月台外的陽光很好，黃線以外，鐵軌被曬得長長的、迷迷濛濛的，延伸向無人能夠看得清楚的遠方。我的少年快報也已經擁有下一波長大的、新的少年讀者，名正言順的變成了《新少年快報》——我得承認，我已經不夠了解在通勤車廂裡搖頭晃腦看著漫畫的那些「他們」了。他們有沒有一個去台北的夢呢（當然我希望他們不要有，就像部分師長從前也希望我不要有一樣）？他們期待趕快逃離那些不論在漫畫或現實生活裡、都老是皺著眉的國文老師嗎？他們想成為怎麼樣的大人？

這些我都無法了解，但看著座位旁那個不紮制服、滿臉青春痘、理著奇怪雞冠頭髮型的高中男孩，我有足夠的信心想像——此刻他很可能仍與「那些人」一樣深深相信，不需經過考試不用文憑證明即使偶爾偷偷懶應該也沒有關係，總有一天，總有一天他會因他的堅持而成為地球上最強的男人，即使別人不見得願意承認。

變形金剛

終於還是禁不起心裡那個小男孩的一再吵鬧，一個人去看了《變形金剛》。

雖然是商業氣味十足的片子，但除了酷實在也找不出其他合宜的形容詞。出了電影院，外頭陽光亮晃晃的，好像很不真實，但其實又全都是真的。片尾聯合公園憤怒的配樂還在心裡聲嘶力竭的唱著，但路上車行人行木然的來來往往，站了半晌，沒有一台車冷不防轟然站起來變成機器人。

當然不會有啊。回頭仔細去想片中的許多細節，似乎也不全是那樣出色的——樣板扁平的角色、樣板扁平的故事情節、樣板扁平的立場和樣板扁平的信仰，我沒有從中獲得更美好的啟示或提醒，但為什麼在看過這麼多經典電影後，一個來自虛構行星、為空泛的正義或人道而奮鬥的假故事，仍令我如此著迷呢？我想了很久沒有結論，但我知道這是有結論的，我想我在抗拒結論，那個慢慢成形、可能一旦成形後就很難再次變形翻轉的結論。

一個初步的、很俗套的解釋是這樣的：每個男人心中都有一個男孩，每個男孩心中都有一隻變形金剛。變成流線型的帥氣戰鬥機，變成高速奔馳的跑車，變成勇猛的毒蠍，變成強大的機器人。那種原初的、對於變強大與被注視的渴望，這是現代社會體制給我們的最初教化，我們從前共有的幻想，或者也是此刻共同的願望。而隨著時間和劇情的演進，這些機器人一代變得比一代更繁複，我們也一個一個演進成複雜的大人，變得更帥或更醜，更討人喜歡或更惹人厭煩，更好或更壞，甚至超過更好或更壞，變成世界所期待或害怕的樣子，越走越極端，且互視彼此為異端。變成正義或邪惡，雖然那不見得是我們一開始想要變成的。變形沒有停止下來，變形是持續的，進入體制越深，越來越難以自制。

我不願繼續往下想了。此刻感覺如此強烈，想得再深都是附會。這部片就像我們的少年時代啊，或者可以說這部片根本就是我們的少年時代嗎？少年時代是拿來經歷與感受的，拿來組合變形瞎想嘗試的，不是拿來衡量成本和學習規訓的。道德教養能怎麼樣嗎？滔滔論述能怎麼樣嗎？算計經營可以怎麼樣嗎？抽象的辯證可以怎麼樣嗎？很厲害嗎？好吧是很厲害沒錯，但是它們能這樣鏗鏗鏘鏘一下子站起來變成機器人嗎？

大概是不行。大概也就是因為這樣，即使已經遠遠離開無重力的少年時光，我們都仍掙扎著、在不要忘記那個笨重初衷的天真念頭裡不斷變化，變成強大而堅忍的戰士，變成壯烈的犧牲甚至死亡——我是指其實還可以活過來那種，變成一個永遠可以變身的好傢伙，大家認為是好傢伙而不是壞傢伙的那種，可以選擇的話，最好是能變出一輛車——當然啦轎車比機車酷一點，跑車又比轎車酷一點。當然飛機又比跑車酷多了雖然我已經心裡有數那是絕對不可能的，但還是要說最好是戰鬥機而不是直升機。戰鬥機光看起來就是比較悍啊。

在離那個美麗而自由的「機器人時期」越來越遠的此刻，我很慶幸有了這樣一部片——或者應該說是這樣一個機會——來證明我還沒有忘記當年那些胡思亂想、變身變形、完全脫離現實的夢，雖然好像又更猶豫模糊了一些。南方的午後，太陽很大，晴空萬里，我又一次賭氣地從路旁的地磚霍地站了起來，暗暗立下一個自以為無比堅定的決心：總有一天我也要變成高大堅強、有志有為的大人，變成守護者，變成愛並得到別人當然最好是眾人的愛，變成力量，變成蓄涵著閃電的雲霧，變成詩，而且是最好的。總有一天我一定要。雖然最後未必就真變成你我想像的那樣，也雖然，變過去以後，很可能就再也變不回來了。

本身

要事太多，反而更容易想起一些瑣事。

記得去年旅居紐約的某一天，參觀自然歷史博物館。其中有個專陳列地質及地球科學相關領域的展室，曲曲折折的參觀動線雖在視野上是開放式的，但在幽暗的燈光烘托下，不知道是外國月亮比較圓還是萬惡美帝好厲害的心態作祟，總覺得參觀起來格外予人一種神祕的、未知的氛圍，除了那種迷惘困惑的時間感，也很接近一種渺小的、無以言說的沮喪。

展館的角落有一台地震儀，前面連接著一個鋪有金屬感應裝置的區域。說明牌上絮絮叨叨寫著的都是英文，我坑坑疤疤加加減減看了老半天，總之意思大約就是歡迎大家去機器前那個區域用力跳一跳，讓地震儀掂掂斤兩，然後指針會給你一個小小的震幅之類的，藉以佐證地震儀之運作及理論、質量與力的量化等等，也滿足觀光客實作參與的需求與輕輕發亮的好奇心。

或許因為這裡不是台灣，性別上的文化包袱輕了一些，所以除了男性以外，我還是可以看見許多歐巴桑、少婦、妙齡女郎、未成年少女在那個區域上傾全身之力一跳再往下大腳重擊的畫面，並屢屢引來旁人的歡呼，野性美終究還是有野性美的市場啊。當然男性就更不用說了。但那都不是重點——當然其中部分遊客的確很重，但重不一定就可以變成重點這應該也不難理解。我的重點，是一個執著的小孩。

那小孩大概幼稚園而已我想，最多也肯定不滿十歲。他在那個金屬區域努力踮著腳、探頭探腦看了老半天（從閱讀說明牌的時間長短來看，我猜他的英文閱讀能力可能不比我好多少），終於看完後，他回頭天真卻也無比認真的對他媽咪說，他決定要跳。

然後他就在那兒一心一德蹦蹦跳跳了大概三分鐘，地震儀的指針連動也沒動。跳得旁人如我實在很想把畫面停格下來反白、後製個「執著？」的字幕上去。越來越多遊客靠了過來，所有人都含笑看著這有夢最美希望相隨的一幕，雖然我們實在無法期待會有奇蹟發生。

最後小男孩被他笑得樂不可支的媽媽抱走了，媽媽寓教於樂的邊笑邊說，回去多吃點、長大一點我們再來跳，指針才會動呀。

我想起我也曾經相信過這種說法，或許我們都是。長大了以後就有力量，長大以後說話就有份量，長大以後魅力會變好笑點會變高武力智力經驗值都會上升，長大了以後我們的存在就會被接受，長大了以後你的想法就有人信有人聽有人佩服，長大了以後就能做一些驚天動地的事情——哪怕只是驚一點點動一點點也好。

小孩和他媽媽走了以後，圍觀的人群也散去了。我安安靜靜的坐在椅子上，心裡空洞但滿意，什麼也沒想。陽光遠遠在展場的另一頭，過了一個類似玄關的造型便照不進來了，頭頂上的照明燈光就打在我身旁，雖已經是身旁但終究不在我身上。展廳裡沒什麼人。也許這樣最好吧我想，大家都去四樓看恐龍化石和其他已經消失、卻曾經會跑會跳的那些石頭了，這裡是不會有人的，即使我身周這些樸實、尋常而不曾對世界妄加詮釋的石頭，很可能才是世界本身。

最後一次

只有真正平靜下來時才能發現，逃去如飛的日子裡，也有許多緩慢而仔細的事。

但整體的印象仍是模糊的。前陣子隨球隊北上寒訓，可能是學生生涯最後一次與球隊定期集訓。體力恢復的速度不復當初的快了，但大概還不是因為年紀。還不到因為年紀的程度，而是因為自己。畢竟是最後一次了。

回高雄後就得知阿嬤過世的消息。病因重複聽爸媽說了好幾次，有時是他們又講，有時是我又問，但到底是什麼樣的病呢？我還是沒有辦法記清——聽父親緩慢而冷靜地講述這些，是很殘忍的事情，但是只對他殘忍還是對我也殘忍，我卻沒有餘力細想。同情和殘忍當然是兩種截然不同的感受，可是人們因而所做出的行為，常常是很類似的。這些都令我分心。死亡當前，許許多多的最後一次當前，我有點害怕，我不知道我應該要認真記住什麼事情。

「最後一次」開始變得頻繁了，我卻沒有能力讓每個「最後一次」變得輕易一些。起初我也很軟弱的以為，應該可以藉此博取一些同情、悔悟、新的承諾之類的吧？但我很快就明白，同情也不輕易——不只同情本身不輕易，它也沒有辦法讓它的對象輕易一些。我也試過給自己一些約定，但很快我就放棄了。約定本來是充滿堅定的表意性質的，起碼我是這樣認定，但如果那些約定終究只有你一個人記得呢？你的那些至死不渝都沒人知道不要緊嗎？真的不要緊嗎？所有的相對人、所有的他者都消失了不要緊嗎？你一個人記住就好，這樣嗎？你相信自己能夠孤單的記著這一切、並且永不後悔與改變嗎？

許許多多的這些與那些，憂慮之中，日子過得更快，最後只記得一些感人卻不重要的細節與瑣事。最後的瑣事。最後一次，最後一次。最後一次。二月十四日情人節的深夜裡，結束寒訓後我孤單的搭上南返的夜車，沿途手機訊號始終滿格，我卻不知該打給誰才好。最後一次，最後一次。從高中以至現在，我無數次深深吸滿一口氣、對著窗外黑漆漆的世界這樣用力說著，充滿信心又無比洩氣。好多的事真要結束了我知道，我不為此灰心，還會有更多事也將結束。我灰心的是望著車窗上自己的倒影，我也開始明白，終有一天，連我也將會忘記這每一幕暗夜裡快速消失的風景。

葬禮

這兩天回台南參加了阿嬤的葬禮。

是那種傳統的道教儀式。道士們踩著既定的步法，拿著樂器搖晃或敲擊，許許多多無法辨明的閩南語唸誦，所說的大抵是道德教化神話傳說等等，但內容實在難以辨明。從七十歲的大伯到十來歲的小堂弟，我們全久久站著，有時見道士到某個段落跪下了，我們便也跟著跪下，久久跪著，看手上的香越燒越短，煙飄散開來，有人無聲的哭了，有人沒有。從兩點開始這樣斷斷續續拜到傍晚，太陽西斜，大家跪著的影子無聲無息慢慢伸長，變淡，像一種靜靜的悲傷。

我們自然不明白道士們都唸了些什麼，我們也不畏懼，不管是儀式本身、或是那些與日常經驗相違的氛圍，我們都不畏懼，甚至也不過問，我們只參與。經過時間的累積，即使是無知，即使是無法理解的規範，常常仍是充滿力量的。晚上吃了飯，靈堂裡懸起各方送來的輓聯，從各方政要到在地的鄉民代表，都署了名致哀，死之大矣，禮之大矣，世故人情之大矣。只是如此而已，但想及阿嬤生前也是很看重這些風俗規矩和禮數的人，低頭想了想，也衷心覺得感激。

夜再深，大家等著十點十一點要燒錢。燒錢之前，爸爸和伯父叔父們被師公叫了去，要在幾份墨筆寫成的契約上蓋手印，說是在彼給往生者燒錢的手續和房契。或許是覺得太有創意了，子輩、孫輩大家全好奇的湊在旁邊看，二伯邊捺印邊問著這個那個是什麼什麼，道士也煞有其事的解釋，這是燒去的錢得抽成、那是房屋要報稅等等，二伯邊皺眉頭邊問，抽成？啊是要抽多少？道士說這裡寫了的，抽兩成。兩成？圍觀的大家發出一陣驚呼，然後都笑了。不知道是真覺得有趣還是鬆了一口氣。抽到兩成是多了點，也太多了點，但多了點不要緊吧？都抽兩成了，錢和屋子應該會送到的。

隔天早起，家祭，公祭。縣長也來了，立委和議員也來了，許許多多不認識阿嬤的人都來了，深深鞠躬致意，我不知道為何他們看起來跟我們一樣嚴肅、悲傷。但這樣也好，我們的悲傷顯得合宜而不踰矩。公祭的最後是許多街坊鄰居，大多是年紀很大的老人家了，聽說都是阿嬤生前同輩的朋友，走路不太穩，背也駝了。我很想知道他們對此有什麼感觸，但老人家們眼神茫茫的，我無法看出什麼，甚至不知道他們是不是真有什麼感觸。我只知道自己的心情非常低落，也不知道那樣低落的心情究竟為了什麼。或許對於死，我不知道的真的太多了。

再晚一些，時候也到了，持一枝繫著紙糊燈籠的竹竿，我跟幾個堂哥走在前頭，慢慢領著送葬的隊伍走到墓地。墓地在阿公生前常帶我們去的果園後方，荒廢多年的玉米田裡，十年前阿公就葬在那裡了，而阿嬤的新墳就在阿公隔壁。到了以後又依長輩的指示把繫燈籠的竹竿插在土裡，然後退到田埂上坐著，等待下葬的時辰。太陽很大，曬在臉上會發疼的那種。我想起昨夜燒錢時大家圍坐在一旁、被火光映得通紅的臉，強風颳著冷得不得了，熊熊火光在燒錢的鐵絲網裡搖晃。那時我偷偷看了看四周，大家臉上明明暗暗的，似乎都沒有表情，又或者是太多表情了以致難以看清。此時或許也是這樣的。我拍拍小堂弟的肩膀說，欸，你記得嗎阿公生前很疼你，常就農作裡抓了蟲，放在手心給你看，挨阿嬤罵說怎麼這樣髒啊抓蟲給小孩子，幹什麼；阿公都只是憨憨笑著回不上幾句話，那時你才幾個月大，這麼高而已。我用手比了比。小堂弟笑像的。

著抓抓頭說這樣嗎？我想是我多心了，但那熟悉又陌生的笑容，跟阿公是有點

時辰終究還是到了，依習俗，下葬時是不能正眼去看的，我們默默轉過身望著另一個方向的稻田，試著去想些別的事，但我們對這裡已經太陌生了，怎麼想，想起的都仍是以前的事。這一次背對就是真正離開了的意思嗎？再回過身時，阿嬤的棺木已放置在墓地裡了，我看著墓碑上自己列在孝孫那邊的名字，好像過了很久但其實沒有，覺得非常難過，但似乎也開始好過了一些。

依習俗領了錢幣、鐵釘和稻穀，燒了紙屋，我跟著大家在墓前低聲的說，阿嬤，我們回去了。講完覺得眼眶熱熱的，太陽已經來到了天頂全力曬著這一切，我心想，是了就是這樣，這是真的，可以了，這樣就可以了。

屬於

祖父母過世後，不知為什麼便很少回鄉過年了。到底是少了什麼呢？可能是某種理所當然、卻又難以追究的歸屬感。一連宅在家裡好幾天，都市裡靜悄悄的年節，電視裡的一切比電視外的生活還要熱鬧還要真實，偶爾從陽台探出頭去，大街上也少有車行，整個都市靜靜的，不知道是怎麼了。我對這一切有些失望，說不定也對自己。

直到年味已經比較薄弱的初四才出門，同好久不見的大學學長姐們出遊，去七股，乘筏遊潟湖。幾年不見，學長姐對我來說有點陌生，他們的話題對我來說也是陌生的，我想對他們而言我或許也是陌生的吧？而且我沒有話題。天是陰的，風很強，但波浪不大，雨拘謹地落著，我坐在船邊幾乎無法分別到底是落雨了或只是小浪拍擊所濺起的水沫。一切都顯得難以為繼。改裝後的橡膠筏航行在蚵架間，同船一些不相識的孩子應該就是被父母帶來看蚵架的，但因為漲潮的關係，串起的蚵幾乎都沉在水裡，只露出頂端生苔的竹架。然而沒有人為此露出失望的神情。沒有人露出失望的神情。或許我永遠都無法做到吧，但如果不在意，很多事情或許都可以變得比較輕易。

最後來到潟湖外圍的沙洲，下了船，嚮導操著台灣國語，領著大家看港內側紅樹林裡的彈塗魚、蜘蛛蟹，然後穿過防風林來到港的外側。大家在此散開，孩子們在沙灘上以樹枝為筆寫劃著字，最簡單的愛與恨之類的；幾個中年人圍著嚮導，討論水產養殖相關的話題；青年們則多半忙著拍照，譬如說學長姐們和我。即使可能對此地並不熟知，甚至無意熟知，但每個人還是都在此找到可以做的事。

然而那都是與這塊沙洲無關的，也是與我無關的。當我靜靜落單看著海時，我這麼想，有些自負、又有些賭氣意味的想，就像更年少時、坐在西子灣的堤防上想著世界與我無關那樣——於此於彼，在抽象意義上，我想維護的那個港灣始終是存在的，我以為它的困窘在於它並不只屬於我一人，卻沒發現，我的困窘竟在於我仍不願承認我只屬於它。

安靜

一日晚間，騎機車去了花蓮市區一趟。

回程離開市區，沿著台十一線過花蓮大橋，同機車後座的友人在晚風中大聲說笑著。上橋一路加速，不久便開始下坡，遠遠望去，卻見下橋後再過去不遠處煙霧瀰漫。還有一段路，不能看清，一時也不知道是怎麼回事，但心裡已有猶疑與好奇，全然被吸引。怎麼起這麼大的煙霧呢？我想著，大概是起火了，然而距離還遠不能確定。後座友人的談興仍濃，繼續說著剛剛的那些話題，生活瑣事如此這般，這些與那些，比較值得在意的這些，比較令人沮喪的那些。

都是有趣的話題。更接近生活，更傾向實存此在的我。但在那一刻我已經被那整面的煙霧所吸引了。黑色的煙霧在黑夜裡，像是黑夜之中再生出的黑夜，那一大片濃濃煙霧漫過午夜的台十一線，擋住街燈與車燈的來途和去路。

怎麼能不被吸引呢？我繼續騎著車（可能騎得更快了），繼續胡亂想著。友人仍在後座延續著剛剛的話題，以近乎自言自語的模式。繼續向前，不久我們便下了橋，很快就全然置身於煙霧當中。

整片美而嗆鼻的煙霧。因為煙霧的關係，我們的對話終於也不得不暫時停止下來。四周突然變得安靜。然則那只是一剎那的事而已。煙霧縱向的範圍並不如想像的大，才一會兒我們就穿出煙霧的迷陣，驀地看到省道兩旁烈烈延燒著的火。

這實在是有點超乎現實預期的景象，烈烈的火。隔著夜色與濃煙，我無法看清那火燒著的地方究竟是西瓜田裡還是荒廢的野地，但總之不小，氣勢駭人。起火的全部範圍加起來大概有幾甲地那樣大吧，雖然只是一落落各自為政地燒著，但因為燒得夠兇夠旺，甚至聽得到嗶嗶剝剝糾纏燃燒的聲響。整體構成的氛圍還是非常嚇唬人的。

或說是驚人也不為過——起碼在我穿出霧牆、看到佈滿眼前的烈火的那刻，我是被震懾住了的。烈火星散在廣大的縱谷地裡，星座一般彼此維持著距離與聲形，充滿直接的溫度與力量，充滿我所能附會的一切積極象徵。怎麼能不被震懾呢，這火實在太大了。我一邊騎著車一邊分神張望，一邊側著頭對友人說，好大好烈的火啊，是野草燒起來了嗎，這麼大的火。友人停下話頭，不太以為然地回說，還好吧，就是失火了呀。我說，這種燒法是完全不一樣的啊，妳看，這樣燒著，這麼旺。友人沒再答腔，只是漫漫嗯了一聲。

不知道那是一種陌然的不在意，或是友善的不打擾。不知道是誰打擾了誰，誰終將不再打擾。大概是因為又陷入了充滿情緒但毫無意義的自省，我不自覺加快了車速。野火熊熊燒著，從眼前很快延伸到兩側甚至我們的背後去了。一時仍能在後照鏡裡逞力燒著，還能看見聽見，但很快就遠了，才一會兒就幾乎完全消失不見，過去了。

都過去了，但我還能遠遠聞到焦味——或仍自以為聞得到焦味，我還記得剛剛那烈火焚燒著草本植物的聲響。但竟然一瞬間就都過去了。我有些不能釋懷，火焰烈烈在野地裡燒著，那畫面那麼適合一鏡到底的少年情懷、適合佐以細微而暴烈的音樂，那麼符合所有我與妳與他們的青春。但卻已經過去了。過去了的該不會其實也包括了某一部分的我吧，或是我的感知？那是我嗎，或者是妳，甚至是所有不能挽回的我們嗎。我繼續騎著車，繼續騎，保持安靜。我不知道怎麼重新開始我們的話題。現在的我，過去的我，那些偶然想起卻已經不合時宜的話語，該不該、該怎麼，說給一個友善卻終究不能理解我的妳聽？

幸福

家族出遊的午後。循著曲折的縣道，我們來到一處山谷。

不算是太隱蔽的山谷，但週末的午後仍少有人跡。我們下了車，沿碎石路走，不多時就來到溪邊，聽長輩轉述前人的話，說這裡有個日治時期的地下水庫云云。講得並不清楚，凌亂瑣碎，禁不起追問。所以是什麼樣的地下水庫呢？我盯著攔水壩上黃褐色的鐵鏽出神，大家的討論在身後不遠處嗡嗡響著，陽光照著溪水，金光閃閃，十分神秘。

關於地下水層的阻攔與流動、日治時期而至如今等等，他們還繼續討論著。但我沒再繼續聽下去了。當然我對那些是感興趣的，但我沒有繼續聽下去。整個山谷沉浸在淡金色的夕陽中，充滿快樂但自制的水聲，困惑的蜻蜓來來回回，貼近水面惋惜的飛著。我心裡還惦著那個蓄滿了秘密的地下水庫，甚至一些別的，但我已經沒有辦法繼續聽下去了。我背光面對自己的影子，彷彿順著指引，繼續向前走去。長輩們溫和拘謹的談話聲慢慢遠了。四周仍是山谷，都是山谷。溪水在其間曲折流著，有時忽然糾結地激動起來，有時又舒展散開；遙遙相望的兩側山岩染著溫暖而迷人的顏色，草木皆有情。這些都是真的。怔忡立在其間、有著真實切身痛苦的我，好像才是虛偽的。

真假不易辨明。我們離開山谷，才幾個彎，就再也無法看見那個山谷了。什麼才是真的呢？我有些恍惚，感到輕微得幾乎沒有的飢餓，沿路找了在地的餐廳用餐。天色慢慢轉黃，慢慢開始發黑。我們把車駛進了停車場，下了車，一路絮絮叨叨的討論著，偶爾笑鬧，邊走邊感嘆、抱怨。突然前頭的長輩全停了下來。順著他們的目光看去，不遠處的鐵絲網護欄上，卡著一個折起的紅包袋。

那紅包袋出現得太突然了。我們邊走邊回頭，議論紛紛。停車場管理員迎上來，一面撕下停車券，一面低聲提醒，那是人家放著找冥婚的，管好手腳和小孩，莫去撿。氣氛突然低了下來，街上傳來摩托車煞車轉彎的刺耳聲響，像是時空的雜訊一般。我們面面相覷，低聲稱是，然後趕快走了出去。

吃喝了什麼當然也不再重要了。用完晚飯我們回到停車場，天已全黑了。

我們年輕一些的領在前頭，大聲說著不著邊際的話，但心裡頭仍默默顧忌著同一件事情。回到車旁，遠遠看到紅包袋果然還在，裡頭裝著什麼我們都不願細想，頭皮發麻地上了車，一邊逞能地開著無傷大雅的玩笑，一邊聽長輩們說著相關的訓誡與故事，誰的誰家裡的閨秀怎麼過去了、家族竟怎麼碰到什麼樣的事情而有了這樣的緣分、最終陰陽之間找了如何如何的婚配，諸如此類，那些奇異的悲傷和陌生的溫暖。我們認真聽，藏起自己，然後繼續去開無傷大雅的玩笑。好像真的都不在意似的，緣分與幸福，其實我們比誰都在意啊。

那些陌生的我們總是最畏懼，總是最在意。微微月光下我們的車慢慢轉彎，倒出停車格。路燈底下，那紅包袋仍然鮮明近乎豔麗地留在原地。我們的車繼續轉彎，向前調校方向，再轉彎倒退，車燈在車前揚起的灰塵裡拉出軌跡，一條時光之河。人常說水到渠成，我在心裡悶悶地想起午後那個並不隱密卻不知其名的河谷，金色的河，遍照其上的美好而溫柔的黃昏，以及充滿隱喻的地下水庫。那紅包袋已在車身正後，我們也未再轉過頭去看了。幸福難得，除非以這樣決絕逼人的方式嗎？或是除非以這樣溫良傷心的方式。我漠漠想，而終決定不再去想。我們的車已完全駛離停車場。

我在哪裡

下班後站在台北車站前人潮洶湧的大路口，右手邊不遠處，一個扛著行李的年輕男孩子拿著手機，開心地說：對啊，我到台北了喔！

先讓時間倒退一些。九月起，我新工作的地點就在台北車站前。還是來到這裡了。公司的辦公室位於十樓，但男廁卻要別的樓層才有。公司的前輩介紹環境時，特別領著我到辦公室後方去，推開逃生門，外面是上下樓層的鐵製樓梯與露台。

幾天下來，每每碰到學習瓶頸，我總要假藉梳洗或如廁的藉口推門出來。真的是逃生門呢。門的外側貼了一張泛黃的紙，上頭寫著：本大樓全面禁菸，癮君子請至一樓大門外，尊重他人享有清新空氣的權利等字樣。擺明了說，擺明了。然而幾次推門出來，總要看到幾個年紀稍長的男子，靠在各樓的欄杆上默默抽菸，每回都是不同的人，但總是會有，就只在各自的樓層落單站著，大多時候菸也不在嘴裡，只是拿菸站著。剛入秋的日光斜斜曬著，大多很公平的落在各樓層的露台上，一派平和。僅少數抓對了角度，擊中鐵欄杆某一擦得雪亮的平面，取全部氣力似的向我撲來。但卻在我舉手抵擋的瞬間消散過去了，留下目眩神迷的我。探身看看，各樓層的男子也瞇著各自的眼睛。真的是逃生門呢。

進進出出之間，下班時天色大多也暗了。少年時光一樣燦爛的鋒芒，已經全然消失在大樓的背面。或許是因為剛進職場，此刻的我多半是挫折但不疲倦的，好像猶有餘勇的為了什麼而生著氣，或與心中的困惑爭辯著。拉門，打卡，留下時間，按了電梯沉沉下樓，在車站前的人潮中跌跌撞撞走著，走著，潛入地底或是浮出地面，很多情緒，但說不清楚。好像又一次開學了。

大概就是在這樣的情緒下，隔著幾個人聽到那男孩講電話的聲音。遠遠的，不知道對誰說，不知道誰說的。讓時間再倒退一點。記得大一剛入學那幾日是鬱悶的陰雨天，剛到台北的我很不開心，但確實是有什麼時刻——雖然如今我已全然想不起來，但真有某一時刻，我也曾是那樣拿著手機、開心地報過平安的。我非常肯定，但也不明白那樣近乎賭氣的肯定從何而來。我怎能這樣確定呢？但我不想再次否定自己來得太早或太晚的肯定——或者，只是不想否定如今的決定？

曾經是那樣開心的。我心裡閃閃爍爍的，路口的紅燈轉綠。好像又一次開學了。茫茫然邊走邊想著，這些那些，我幾乎要在人生際遇一樣複雜的台北車站裡迷失方向。走下又一個電扶梯，眼前是全然陌生的商家和路景，我終於不得不停下腳步，抬起頭，尋找上方的藍色指示牌，想找找要搭的車班該怎麼走呢？一個背了新書包的高中女孩邊拿著手機說話，與我擦肩。時間好像又倒退了一些。不知道為什麼，她在我身後停下腳步，哄鬧的地下街裡旁若無人的對著電話另一頭大聲問著：欸，欸，你現在人到哪裡了呢？

野性

從學校畢業、開始工作以後，許久沒有運動，昨晚終於偷了閒去跑步。

穿過夜間校園的幢幢建築，終於來到操場。幾隻野狗——其實也不能算是「野」狗吧，他們只是被這個學校以更大的空間、更多的人共同豢養在此——或坐或臥，大多時候彼此保持著適當合宜的距離，遙遙相望，彷彿共同維繫著某個神祕幾何圖形的星座，偶爾這隻起身做勢要追逐慢跑的人，偶爾是那隻，但其實都不太認真，腳步那麼疲軟，眼神是渙散的。追逐之後復又趴臥下來，彼此仍早有默契一般，保持著一定的距離。

偌大的操場上，更多空間是不僅僅屬於狗群的。雖然已經夜深，但跑道上仍有許多跑者。包括我。或許是太久沒跑了，我一圈圈不間斷的跑著操場，很快就感覺到疲累，但不太服氣，偶爾加速測試，偶爾放慢調息，一次次穿過彼此遠遠對峙的狗群。星座一樣彼此標誌著相對位置的野狗群。穿越其間時我多少仍有顧忌，行進速度和呼吸的節奏都受了影響，但始終沒有什麼窮兇惡極的當真試圖追逐我，唯一影響我呼吸的是自己混亂的思緒，唯一令我感到害怕的是自己漆黑的身影。我既是選手也是評判，我只是自己的跑者，每一個奮起或怠惰的時刻，都是有人知道的。真是太久沒跑了，體力大退，跑到後來實在有些喘，力不從心，沒有餘裕像從前那樣邊跑著邊胡思亂想，就只是努力地跑，計算圈數、時間、腳步節奏，從而估計速度。努力地跑，雖然好像不關乎快樂或不快樂，或許關乎健康，但那並不重要。努力跑就是了。腦袋一片空白，但我試著告訴自己，跑就是了。

跑著跑著，在經過某個彎道的時候，突然間，不遠處的跳遠沙坑區一陣騷動，兩隻大狗不知為何，相向人立著大聲吠叫，打起來了。好像是真有什麼深仇大恨那樣撕打著，野性而憤怒的犬吠，沙塵飛揚，氣勢驚人。

我一怔，不自覺停下腳步。晚風慢了下來，許多跑者超越我。然後，彷彿就想起什麼來了。

鱷雀鱔

又是選舉的季節，城市的道路和便橋上插滿了候選人的旗幟，風來時迎風飄揚，盆地像是被煮沸了一般。打電話告訴爸媽將返鄉投票的那天剛巧染了重感冒，父親沒多說選舉，但聽出了我濃濃的鼻音，說，又是感冒的季節啊。

頭重腳輕地穿過翻騰的旗海去搭車，到站出站，又穿過翻騰的旗海回到老家，多浪而暈眩的季節，但或許是感冒的關係，內心卻是冷清的。整個週末，除了投票以外，唸一些深刻的書，說了些輕鬆的話，與每次為了選舉而返家並無不同。家中兩代人坐在電視機前彆扭地互相關心，話題不外乎哪些國家又瀕臨戰爭邊緣，朝野大黨展開激情的對壘，夾身其中的小黨的各種失敗與勝利。但感覺一切都離我好遠。感冒連日不癒，大半時間我都在昏睡，睡得不好，一直作夢，夢到旅行，愛情，逃亡與冒險，夢到自己躲在某個地方為了某件我已經不記得的事而逃避一個我也不認識的人。整天睡睡醒醒，有時醒來看到政論名嘴尖銳的言語，有時是科幻電影，有時是綜藝節目。其中一次醒來時，電視正播著父親愛看的探索頻道，但父親不知道哪去了，只有我一人睡在客廳裡。

探索頻道正介紹著一種大魚，好像叫鱷雀鱔，肉食，生長於美洲的河川中，某些角度真像極了鱷魚，但其實不是，雖體型極大、外貌凶惡，但性情似乎是很溫和的，全身覆著鱷魚也難以咬碎的堅硬鱗甲。傳統部落和許多漁民認定它們是以高經濟價值的漁獲為食的，所以即使不吃它，若捕獲了，同樣格殺勿論。到底是不是真以那些高經濟價值的魚類為食呢？節目剛好進了廣告，沒把話說完。再度沉沉睡去之前，只記得鱷雀鱔為了繁衍後代而逐漸演化，現在鱷雀鱔的卵中都含有神經性的劇毒，保育研究人員不知道用了什麼方法，把卵中毒物弄成稀薄的液態物質，注入一隻張牙舞爪的小螯蝦體中，不多時那蝦便癱軟了下來，痙攣似地抽搐幾下，就不動了。節目的最後一幕是沉默的鱷雀鱔擺尾逡巡於陰暗水域，水中長滿巨大的水藻，隨水波搖晃。鱷雀鱔到底是不是可怕的魚呢？

保育人員說，已經好多年沒看過真正巨大的鱷雀鱔了。「好多年」究竟是多久？「巨大」兩字的意思又到底是什麼？世界其實很小很小，我想起鱷雀鱔（到底是不是這個名字呢？牠到底以什麼為食？印第安族人們到底有沒有誤解牠呢？）那些帶著劇毒的卵，像是每個人一廂情願的、或善或惡的小小念頭。為了保護未來巨大的可能，而不得不懷著歹毒的戒心。

以卵為喻的話，世界其實很小很小，但若以人們對於卵的認真研究和仔細觀察來看，世界可能很大很大。我想起鱷雀鱔在巨大水藻間緩緩游動的身影，想起自己步行走過插滿選舉旗幟的大街小巷。在人群全天候的彼此注視下，誰都是被緊迫地追蹤研究的瀕危物種，誰都是殘忍且帶著深深倦意的肉食主義者，誰都是承受誤會、等待被獵殺的狩獵之人。但最初並不是這樣。最初我們期待的不是一條沉靜豐美的河嗎？所有的傷害與殺戮，只為著維繫最低限度的平衡。我們期待的，完全脫離這些喻體喻依、體系和權力架構的，不僅僅是好好生活的可能嗎？

最初被期待的，無不是單純而美好的可能，經歷這些與那些的迷惘，所有混濁失控的心，終也將慢慢沉澱下來、回到最初的狀態中吧。我希望自己能就這樣下定樂觀的結論，並耐心等待，等待片尾鱷雀鱔那樣緩慢游動，繼續向前，而遠遠的，在畫面無法對焦的遠處水面，透露著朦朧但潔淨的光……

隨即想起詩人楊澤的句子，「但聖人之道實未有／一天行於世上」——

輯三

學院牆

存在

花蓮下起雨了。早上經過校內的壘球場時發現，前些天比賽時畫上的壘線已經全模糊掉了，有些甚至已經消失不見。

聽說西部已經大雨不止好些天。走向停車場的路上遇見穿著藍白拖等上課的友人L，眼神飄來晃去的，偶爾配合以幾個手勢，用一種不知有漢的口氣告訴我這個情況，感覺像是高深莫測的懷著什麼秘密、但其實只是單純喜歡這個消息而已那樣。講完話招招手，他繼續留在廊下等著上課，我邊往停車場走邊疑惑地回頭，遠遠看見日益發胖的友人L打著傘對我微笑，像一隻友善而快樂的龍貓。回到家裡，聽到外面大雨的巷弄裡似乎有人在放煙火——我說的是放煙火，不是水鴛鴦或甩炮，是那種咻咻咻砰一聲亮一下把所有美麗都灑下來的煙火，心想這真是不可思議，忍不住好奇地開窗探出頭去，想看看真是煙火還是我聽錯了，大雨天啊怎麼可能放煙火，大概是聽錯了。推窗一看，結果真是煙火。

有時覺得這真是個詭怪的世界啊。有時，我也懷疑你我之上的主宰究竟作何打算，而願意讓世界呈現以這樣不合乎也不在乎道理的狀態，許多矛盾的物事被我們習慣、命名，許多合理的則被忽略、背棄。想及落在我們社區裡外、寢室窗前的雨水，此時很可能也同樣落在數公里外、無人在場的木瓜溪河床或鯉魚山山腰上，甚至是西部擠滿人群的都市裡，頓覺喪氣無力，繼而卻又慢慢感受到一些安慰、寬心。

繞過島嶼南端，長途跋涉來這裡唸書與生活，這究竟是什麼、又為什麼呢？想起那則古老悖論：一棵樹倒在空無一人的深山裡，究竟有沒有發出聲音？此刻我在窗前側耳去聽，雨水在窗外絮絮簌簌落入草地，房內電腦裡播著政治新聞和異國歌曲。某些片刻我想我該承認，差異的確是存在的，但公平——那種規格更大一點的公平，很可能，很可能也是同時存在的。

幻覺

不經意的環島一圈，終於又回到花蓮了。真正是風雨兼程。

雖僅僅是環島一周，但竟像是繞著地球而有了時差的感覺。過去幾天的行程實在難以詳述——我還記得離開花蓮時正是陰雨天候，起風了，秋季鋒面可能正通過東海岸，追著我，經花東及南迴線返抵高雄，雲雨沒跟上來，氣溫節節升高，但只能時晴時雨地待了兩三天，又搭國道客運上台北，窗外的一切介於霧和細雨之間，車行越北，越發具體，感覺到冷而潮濕的天候，與人際關係，因著什麼樣的名目與舊友新知說了些話，模模糊糊睡了一晚，天色濛濛亮，地還沒乾，再循北迴線搖搖晃晃回到花蓮。

原因已經不重要了，總之回到花蓮時雨還繼續在下。我有點疲倦，好像根本不曾離開，好像一直都在這裡、一切的舟車勞頓物景人情都只是我的幻覺。想到這裡疲倦感沒有減輕，反而又加深了一點。我想起郭箏的《好個蹺課天》。

〈狼行千里〉裡那個沒有名字的年輕人，那個形象，漠然的聲腔，想到他說「一直繞一直繞，要跑的永遠跑不掉，要追的永遠追不到，這就是島的好處」，想像被挾持的司機不敢異議，默默地聽他說狼不兜圈子，聽他問鬼和死人究竟是冷是熱。默默地參與懷著默默的心事。默默旁觀故事無可挽回地走向結局。

島上更多的事情在發生。千夫所指的好人真的死了，萬眾擁戴的惡人終於遭到報應。更多的事情發生，還會繼續發生，引來更多的關注，有人憤怒有人開心，有人深深難過或幸福了起來，有人變得更虛無了比如說我，但也有人沒有。一趟風雨兼程、心有旁騖的環島旅行從來沒有改變什麼。離開此地，最後終究回來，哪裡也關不住但哪裡也去不了，這究竟是島的好處或壞處呢？

雨水自始至終下著在花蓮，那樣綿密而穩定地下著，像是費心佈置、為了完成一種宿命層次的困局，像有什麼更久遠的意志默默支持著這一切，像是某種旨意的展現，或者像是——像是我為了一個詞彙遲疑了許久，卻又好像沒有，覺得疲累，繼而滿足，毫無理由。雨繼續下著，繼續下著，那樣漫無止境、漫無目的的下著。窗外的山形隱蔽在霧雨之後，然而久久凝視仍能看出淡淡的、似假還真的輪廓。

山永遠都在那裡，但是不是我所長久觀察的這個模樣我不得而知。或許之於那樣永恆而無害的等待，我們僅是彼此重覆的季節，所有的追求與跋涉，都不過只是我的幻覺。

學院

冬天裡的暖日子不是永遠的。陽光再好，總是有下起大雨的時候。

花蓮這幾日雨落不歇，因為時值期末，影響也不大，關起門窗仍能漠然投入書本。但雨一直下到期末過去了仍未停歇。好不容易才找到雨勢轉小的空檔，去學校買書，校園裡已經是冷清清的了。多數人都返鄉了吧我猜想，花蓮又恢復平時安靜的樣子，雖然安靜只是我的想像。偶爾與留宿、落單的學生擦身而過，不知道是我的緣故還是對方的緣故，可能是期末剛過不久，每個人看上去似乎都倦倦的。對方看我或許也有同樣的感覺吧，也或許沒有，我們當然都是不曾正眼注視彼此的。疲倦也只是各自的想像。

不知道生活的基礎究竟是建築於想像之上，或者真實。學期末時，一個同校的學妹自殺了。報上說壓垮她的，是因網路言論而生的無端濫訟，提告之人至今仍左支右絀的替自己辯護，令人心冷。但那也僅僅是敘述者的說法。什麼樣的言論是真？什麼樣的指控是假？來自陌路之人的惡意與善意究竟誰能衡量呢？大概神也不能說有什麼絕對可以衡量的。畢竟人都走了。校園裡曾為此沸沸揚揚的討論了幾日，靜坐和抗議，更深遠更嚴謹的檢討之餘，當然也參雜著一些流於情緒的謾罵，議題絲毫沒有冷卻下來的樣子，雖然我們都知道終將會冷下來，會被藏匿在其他更貼身的快樂與痛苦之後，會被取代，會消融於制度之中，讓我們用客觀衡平的尺去丈量人之初、人之患、人之常情，但應該就是此時此刻嗎？應該就是我們？人畢竟是走了。我望著冷清得彷彿再也無事可以發生的校園，校園裡疲倦地落著冬日的雨。人都走了。

有些事情已經永遠改變了，有些事情永遠不會改變。總是得這樣，師長和書本教會我們的那些事，某些會被放棄但某些將被長久的相信，在某些人的心裡。我想像。陰雨未曾稍歇，許多記憶的斷片自始至終都有各自的意義，卻直到許久以後才因為連綿不絕的雨季而連結在一起。想起中午穿過學校的活動中心時，雨勢仍大，四下無人，無障礙步道上已經積滿水，即使打著傘行走其上，仍無法不被淋得濕透。但抬頭去看，不論誰都能訝異的發現也許是風向的緣故，道旁新砌起的學院之牆，竟仍完全是乾的。

看見紅蜻蜓了

看見紅蜻蜓了。

鋒面大概已經過去，近日天氣大晴。不知道為什麼，有時大晴與大雨給人的感覺竟是一致的。永恆的困局似乎也不是那麼難以接受的概念，如果你不要選擇變成一個太過艱難的人。

上完課走出文學院，陽光亮晃晃的灑下來，看到許多黑點在空中浮動游移，一時以為是眼花了，仔細一看，發現竟是紅蜻蜓。

我還記得國小時的操場上空曾密密麻麻飛有這樣的生物，或交尾，或漫無目的的盤旋飛行。已經無法確切記得牠們出沒的季節與時間了，只記得那個滿空飛舞的畫面與氣氛，我和同學們剛剛踢完足壘，猶有餘勇，在其間傾力奔跑著，抓起掃把揮打下許多，更多，更多更多，快樂得近乎恐怖。

我站在大太陽底下流著汗，繼續回想，感受著那時頂著豔夏、踢著足壘、繞過壘包用力奔跑的龐雜的感覺。時光在我的記憶中不斷變形，生命到底是無比脆弱還是無比堅強的呢我不知道，就像相聲裡說的那樣，三壘我不知道，很多我不知道的事好像也沒什麼好辯可證的，再痛苦的事，叫叫鬧鬧就過去了，只要有心，人人都可以是蒼蠅王。但即使蒼蠅王也是一樣的啊，是吧，日子還是會過去、日子總是會過去的。

同學會已好些年沒辦了，無法揣測大家是如何記憶著那段時光。然則即使辦了，大致也是十個人有十一種說法吧，這麼多年，大家長成不一樣的大人，各有其人生，各有所憶也各有所忘，各有其象徵，往後還將在不同的象徵系統中繼續面對不同的困境與結局。這都是沒有辦法的事啊。如今我二十五歲，還能孤身站在異地的大太陽底下盯著紅蜻蜓出神，近乎虛無地胡亂想像，試圖以書寫捕獵自己、頂住遺忘，然後終於失敗，這可能也是一種無可避免的幸福吧。

失望

暑假最初幾週天氣大好，豔陽高照，充滿能量，花東縱谷間草木殷殷滋長，速度如何難以計測，甚至應用難以自制、難以控制去形容。那整體的氛圍是驚人的，驚人且彷彿帶著狂熱的喜悅與欲望，教人心慌。

日前參加了外交部所辦的非營利組織研習營，學到的新觀念不多，但許多感受對我來說卻是全新、陌生的——對於那些觀點與敘事，我都已有心理準備，甚至已有防備，對於裡面正向且充滿理想性的情懷和故事、以及因之而生的負面經驗和教訓，我也都有心理準備。心理準備。但在這個領域的既有架構和前提之下，對於「失望」與「迷惘」的情緒反應，我是毫無準備的。我沒有想過我會在這個領域，這樣的思考前提與情境之下，這麼頻繁的碰觸到這一部分的自己。

最柔軟的部分往往都是最容易碰觸到的，如果你敢、且願意承認。看著部分來自實務界的基金會負責人用發亮的眼神和口吻、講著那些一路挫敗的過往、犧牲奉獻的人道服務與走出陰霾的現況，我一次又一次全面性地陷入他們粗糙、原生、混沌且充滿能量的理念和故事裡，目眩神迷，然後愕然發現裡面人為的、附會的、精雕細琢的部分。

然後發覺的，便是自己這樣情緒所顯露出來的傲慢和犬儒，像是認真比對研究著鰓是如何不適合陸生動物而肺在水中怎樣不合時宜一般。先覺得疑惑，繼而是失望。我分不清我的失望是對著自己先前預設的想像，還是對著那些如今體認到的事實，又或者，是對著徒然分辨這個那個而感到退縮的自己。原來被所有憤怒的我們當作箭靶的制度結構，不全然是一切問題的根本，而是人。從人而至制度，再返回人身，原來我所窮極一切心神去想像的美麗，是難以真正存在的。

難以存在的美麗。花東縱谷裡鬱鬱菁菁的大片植被裡，最健好、適於生存的小花蔓則蘭正繼續自底層攀附上緩慢生長的喬木，掩覆樹體與著附其上的蕈類菇類。山谷更綠，偶然望之倒也心曠神怡，我想像往後兩個月觀光客又要帶著龐大的經濟資源來到這裡，投入這裡，按著快門、觀察描繪進而改變原始落後的後山，並因而覺得快慰自得，用可怖的笑容告訴在地之人：這裡真好，這真是最好的夏天。

忘記

老友來電問近況，也不知該如何說起只好笑笑回答，沒什麼事啊，一事無成。

說無事無成是比較偷懶的說法。有成無成是定義問題而已暫先按下不表，然而怎麼會無事呢？只是沒有太多足以一談的，許多瑣碎的生活片段沒談沒談也就過去了，沒有留下痕跡。

又或許是無從留下痕跡。前些天也忘了是為了什麼，夜間騎車去學校一趟。車在外環道上迎著風加速，越來越快，但我心裡空蕩蕩什麼也沒有。騎著騎著要入彎了，彎處的兩側皆是高過人的林子，雖然也沒多高但畢竟是林子，間雜以蘆葦芒草之類不知名的植物，密密麻麻，無法看見彎處的另一邊是什麼。初來東華時我總是在此放慢車速，草葉林木之間小心前行，不知道是期待或者憂慮著什麼。但從來就什麼也沒有，久了，也就不再慢下來了。

很快車就入彎，時速大概六七十。此時突然有隻大鳥從左側樹叢頂上快速飛出，飛行方向與路切齊，因為我已過了彎所以幾乎是無法閃避地與之同向而行，就在我正上方稍前處飛著滑翔著，偶爾拍動雙翅，離我頭頂不到一公尺，伸手能及。展開的兩翼應該更超過一公尺了，明顯比我摩托車的龍頭把手寬上許多，速度雖快，但拍翅並不急切。由於距離非常近，我能清楚地聽見那隻大鳥偶爾撲、撲、撲拍動翅膀的聲音，不只清晰而且音量大得嚇人。上次聽見這種聲響大概是科幻電影裡使用的罐頭音效。

老實說我是扎扎實實被嚇到了。由於夜色很暗又沒有路燈，一時也無法分辨那飛禽是鷺鷥還是鷹之類的，大概是鷺鷥，但當下實在也無心力細想，即使是鷺鷥以這麼近這麼恐怖的距離和音效陪著你在黑漆漆的校園裡飛奔還是很驚人嚇人的啊。但車已過彎了，避無可避，我只好把油門催緊加速，好不容易超越它，搏翅的聲音大概又在身後追著我持續了兩三秒，然後才消失。出於恐懼的本能，我還不放心的慢下車速回頭去看，然而那大鳥已經完全不見蹤影。

不知道那大鳥帶給我的是怎麼樣的消息，而那消息裡又有什麼意義。這其中該有意義的，只是我不願著意，也可能是不自覺的逃避而已。事後在網路上曾分別同幾個已在台北上班的老朋友聊及此事，那撲撲搏翅的聲音在我的記憶和敘述裡不斷放大，彷彿那大鳥仍在身後追著我，視窗上有時回來幾個驚愕害怕的表情圖案，有時則是比較具體的驚嘆，或帶著一點譴意的懷疑，哇塞你是碰到翼手龍嗎現在是安抓山風海雨猴腮雷山川諸神的信使好威好強大之類的。我想起那個時刻——甚至是現在這個時刻我心裡的恐懼，和好奇，撲撲搏翅的聲音還在我心裡，那聲音在修辭狀聲上就是要改成虎虎搏翅也不為過，那隻不知名的鷹或鷺鷥，一隻大鳥，曾經與我這樣靠近，伸手能及，帶來我所無力解讀的訊息，然後平空消失，這是可以一談的嗎我其實也懷疑，但無力證明，雖然我想，但該找誰談談呢多數時候總是這樣：越來越多失去聽眾的故事迎面而來，伸手能及但我終究沒有，然後穿越我而去。有什麼，沒什麼，此刻你們已不願理解了，過些時候，再過些時候，我們——尤其是我，可能也會將那些全部忘記。

矇眼

一日午後，隔著電腦與同樣唸著研究所的友人W閒談，關於知識與學習種種。

選在美好的午後講起這樣的話題，不知道算不算得上折磨人的心智。W唸的是理工相關，我唸文學創作，但我們是能聊的。有某種更高的、對於知識與學習更難以自明的感受，能夠同時把脈絡不同的我們都涵括在內，身在其中時，我們為類似的神祕著迷，我們有的是一樣的困惑和猶豫。

大概就是圍繞著這些閒聊，這些困惑和猶豫。喀喀喀的鍵盤敲擊聲中，真實世界裡的夕陽已經下山，窗外天色緩緩暗了下來但無人察覺，路燈還沒點亮。像是久久浸泡在河中的手，只覺好像變了，但不確知水溫上升或是下降。天色更暗了。人說知識的死敵不是無知，而是昧於無知。那麼究竟什麼是有知的呢？邏輯上的辯與證是一種有知。天上有知地下有知那也是一種有知。泛靈的有知。信仰的有知。本體和本體之上的有知。或之下的有知。格局更狹窄一點的話，你知道我知道獨眼龍也知道，在機巧用心上大概也勉強能算作一種有知。

聊完以後螢幕空空亮著，倦極了，彷彿走了很遠卻又繞回最初的路口，想法很多卻已耗盡動筆的意志。窗外的天空已經全然暗了。省道上的路燈逐一亮起，我房內卻仍是一片漆黑，只有電腦螢幕發出冷淡的光，摘下眼鏡志意渙散地往前望時，像是一扇透亮的窗。其實不動筆好些天了，說不上來是為什麼，或許就像是黑暗裡的人已經漸漸習慣觸摸和直覺那樣。習慣也是學習，一旦學成了就再難以改變。我想起W剛剛戲謔的說法，口氣中藏不住沮喪。他說，無知畢竟是一旦失去就無法挽回的東西。

每每寫著異地遊記或此在的夢境，或是記錄剛剛上過課程裡突然閃現的、某個遙遠意念的隱約火光，我總要一次又一次的與自己確認分析：有一個遠行的夢確實是可喜的，有一個遠行的記憶確實是可悲的，在這些悲啊喜的之間，我曾一次次給了自己各種可愛的理由，把這一切擱置下來，雖然總有一天勢必又得為一個可怖的理由重新動筆。懶惰和拖延和反覆的遲疑確認猶豫，說到底，或許只是宿命的一部分而已。

或許這就是遠方之所以會是遠方、之所以要是遠方的原因吧我猜。想及電影《投名狀》裡的一幕：伏著頭策馬向前吶喊衝鋒的趙二虎及其部眾，揮舞著黑色的長布大聲吼著「矇馬眼！」，那些死士——甚至可能也包括那些戰馬為了的，說不定應該很可能，也是和我一樣的東西。

繼續

又到畢業季。

今日大晴，整個花東縱谷暖烘烘的，遍地都是陽光。兩側群山的輪廓在日照下清清楚楚，山勢走向、山間屋舍、叢叢樹冠等細節都仔仔細細毫不含糊，看上去彷彿比實際距離更近，彷彿比實際的情境更明亮晴朗。從住處騎車往學校的途中，迎著陽光與風景，抬頭望向中央山脈一側的山系，竟覺群山好似突然長高了那樣，顯得格外巨大逼人。是錯覺嗎還是以前不曾察覺。記得那年初到東華就學，幾次與一中文系的友人走在校園裡，也曾聽她這樣驚呼。大概是太習慣了吧，那時她這樣解釋，或許是對我又或許是自己。她頓了頓，刻意不看我低著頭繼續說，只有某些突然新奇陌生起來的時刻，我們才得以重新看見。

這些與那些。幾年過去，那些與我密切相關的人們一屆屆畢業了，剩下我還在這裡。還在這裡。我繼續騎著車，繞進校門，新來的陌生警衛向我比了比手勢表示看到車前的識別證了，我也點點頭回了禮。人都離開了，剩下的難免是禮。我騎著車繼續向前，進入校園。正是上課時間，教室外群樹在風中晃動，空氣中帶有草木的氣息，隱隱約約，遠處的湖水溫溫吞吞在豔陽下翻攪著小小波浪，不知道湖面下是否有著什麼動靜。

有或沒有，大多時候也無人真能知悉著意。上課中，校內的大路上一個人都沒有。一個人都沒有，甚至此刻空中也沒有飛過的鳥禽，沒有風或撲翅抗衡的聲音，只有山脈始終立在不遠處展示更巨大的身形及可能的隱喻——仍有人願意繼續解讀這些日常的隱喻嗎？可是此刻一個人都沒有。我停了車，在烈日下拎著文件漫漫走著，不知道是不是真得去文學院這一趟。其實不去也不會怎樣，那都不急，甚至不是必須。其實不去也可以。我繼續走著但已經不是原來的方向了，繼續漠漠然想著。

總是這樣——或者也許從來不是這樣，但我總覺得應該這樣。結束如此困難，而完美如此可敬。離完成只有最後一步的此時，反而最應該要徹底放棄。

哪裡

畢業典禮過去了。

在細雨綿綿的大草坪上舉行的畢業典禮，就這樣過去了。本來人是沒事的，過就過了，心情平靜得無以復加。直到昨晚同友人J聊天，翻閱彼此拍的畢典相片，一時竟千頭萬緒難過得不能自已。不論重要或不重要，這些相片中絕大部分的人將從我的生命裡徹底消失了，甚至照片以外的人可能也是。另一部分人即使斷斷續續仍有牽連，也將不再是如今相識相惜或陌生尷尬的那個人、那些人了。對他們來說，想必我也不再是了。

那天典禮末尾，不知為何，並未如慣例讓畢業生們唱唱校歌。就這樣沒頭沒腦在音樂背景中結束了。我想將畢業生的方帽解脫或是慶祝一般地往空中一扔，但又擔心一旦扔出了就無法在千百頂帽子中找回自己那頂了。畢竟是租借來的，借來的帽子與衣服，借來的身分。借來的難免得珍惜一點。只好跑到離人群約有十來公尺遠的地方。在人少些的空地上，大概能比較大膽地使上力扔吧？

從小學開始到今天為止，二十年，整整二十年的學生生涯，就要在這裡結束了。我多麼想在結束二字之前加上個什麼辭，比如說「終於」、「竟然」、「只得」、「可惜」、「總算」、「幸好」、「應該」、「畢竟」等等，更主觀更私我的詞彙去修飾我不能再來的結束，卻發現結束竟是我所不能置一辭的。在音樂背景之中，一切都結束了。

不能述說的只好任其發生了。對著漸漸暗下的天色，我茫茫然用力扔出方帽，同時想起了電影課曾看過《二〇〇一太空漫遊》裡面的那個經典鏡頭，學會敲打製器的猿群鼓譟著將手中的鈍器擲出，擲向世界以外的世界，空間乃至時間。文明過場，那麼大的敘事和那麼小的孤寂。不遠處人聲雜沓，只有我在這裡，注視著我的方帽在傍晚的天空裡旋轉著越飛越高，但那終究只是短短幾秒之間的事我清楚。很快就會再落下了。

很快就會再落下了。落下之時，不知道在那些有著美好象徵的帽子背後，將會有著怎樣的天空呢？還會發生什麼故事呢？還會不會有故事呢？我會去到怎樣的遠方變成什麼樣的人呢？而你們——我所說所想的「每一個你們」，又將會各自去到哪裡呢？

黑暗

颱風剛剛過境的午後，小鎮還是狼狽的模樣，天色陰暗，我辦完離校手續，繳了論文，拿到畢業證書，真的畢業了。

辦完手續後又跑去打球，直到天黑，球場邊人群也散去了，這次我沒留下來，我也是散去的人群之一。騎車回住處的路上，大概是颱風過後供電還有點問題，志學村周遭一片黑暗，彷彿又回到兩年前學校周邊還沒立起路燈的時期，還能遁形於夜色、或是更黑暗一點的什麼的時期，甚至更早。更早，當我介於目盲和盲目之間的少年時光。車前打起大燈，遠燈，還是只能看到前方約十公尺距離的小路路面。更準確的說法，是只能看到小路兩側的白色邊線，彷彿蜿蜒的軌道，曲折的規矩引領著我。淡淡水霧裡的白色邊線。

我看看四周，視線所及全都浮動著稀薄、難以捉摸其形的水氣，透出全面的涼意，恐怖的氛圍正包圍我。但在此同時天空的雲層也正漸漸散開，星光一點一滴洩漏了出來。像是許多秘密，知道了也無法改變的那種、時間與生活的秘密，眾人終將知道的秘密。知道卻未必都在意的秘密。我突然有了覺悟，從此以後就是真正離開學生時光了。看著車前黑暗而迷濛的……霧氣，或更廣泛說，應是車前的整個黑夜吧，沒有路燈也不會有來車的黑夜，不知道躲藏著什麼的黑夜，覺得危險，卻也覺得安全與留戀。

但這只是此刻，住處附近的住宿區總是有燈的。我默默想，總會有燈的，如果彼方終將有燈那麼我會如何記憶陰晦不安的此際呢？絕暗的黑與局限的眼睛，渙散而短促的光明，不能照亮我，只給我十餘公尺的方向與無法碰觸的希望。而我竟然終得越過這些不可解與不可言詮，抵達結構堅定的住宅區，那樣一個可以深眠卻難得好夢的安居之地。

想到這裡，騎了多久我便也不再在意，住處還有多遠我也不在意了。即使是在遭逢大難、無比深沉的黑夜之後，竟仍有形貌確定的光明。無論如何仍得抵達的光明。我應該要覺得懊惱喪氣嗎？我應該要耽於不甘和猶疑嗎？還是應該理智且深切的慶幸？我繼續騎著車穿過模糊的水氣，已開始能看到較遠處住家的燈光。那些失敗者在黑夜裡摸索過的一切，究竟會帶給更成熟的我們什麼樣的意義？

難題

炎夏，花蓮。一日正午去學校後門買午餐時，在校外的外環道路上，看見兩顆菜瓜。

這樣的感覺實在難以詳述，盛夏豔陽底下的柏油路上靜靜躺著的兩顆菜瓜。其中一顆已破成兩半甚至更多，另一顆則是完整的。騎車時猛地看到，也先是覺得突兀，平常野鼠或野兔乃至於草蛇的屍體都是常見的，久而不以為異，但兩顆菜瓜的出現似乎又比那些陳屍路中的動物更多了一點什麼，雖然不易形容。這之中藏著某種反諷嗎？或是其他更深的隱喻？陽光下所有景物都無比清楚，但我卻無力分辨並描摹這樣的景況。靜物總是難以描述的，靜物不給予我們暗示，靜物要求我們的暗示。

我的車很快就超過了它們所在的位置。我沒停下來，繼續往前騎，但當然心裡還是好奇的，只是沒有好奇到那樣的程度。某些好事者大概會比我更關心它們的存在吧，我想，有些人說不定就停了下來，下車，蹲在路旁看那兩顆菜瓜，覺得這是一種怎麼樣的可悲與荒謬，或是怎麼樣的喻指與啟示（當然，最好是能夠化約為數字的那種），甚至伸手去碰觸，撿拾。但我畢竟未曾放慢車速便越過那些了，只感受到某種溫和的……幽默？當然這可能也太過附會了，一鄉下農地旁的路上，掉了兩顆不知是車上意外落下還是被有意棄置的菜瓜，一顆破了，另一顆沒有，其實都是再正常不過的事啊。

不知道那些旁徵博引呼風喚雨的操控之人，又會怎麼看待這些。用全知口吻去詮釋一顆在學院牆外被拋擲出的菜瓜嗎？或以更冷漠的實務口吻去衡量供需與物流的經濟問題。這都可能，也都仍在可以追究的範圍之內：世上的一切是皆已有所安排，或者只是機率而已。那個支配萬物或扔出骰子的主宰者，究竟形象如何呢？在祂看來這也都是理所當然的嗎？在祂看來有所謂的理所當然嗎？那些自行作答的代言之人，其本身有著怎樣的虛實呢？誰真能將這些看作一種小題大作的幽默嗎？什麼是幽默呢？為什麼要給自己不易解開的難題？為什麼——尤其還是為著菜瓜，這樣為難自己？

我總是為難自己。面對外在的物象比自己所預期的還要不準或更為精確的時刻，我必須為難自己。我有更多的詞彙但不能動用，那意象是我不願形容的。兩顆菜瓜在鄉間小路上的實存與破裂，已經遠遠超過我所熟悉的邏輯法則：一以封閉完整、一以瑣碎坦白的兩顆菜瓜，真實可親的質地與附加其上的諧謔乃至虛無，在陽光底下默默曝曬著。我該如何確認這一切呢？我加快車速讓風吹著，希望異地的自己能更明白。雖然無所作為，雖然無謂，甚至可能是有點無聊的，但是我已經無法否認，因為我的多慮，與懷疑，這都已是我如今的難題。

眞心

大雨之中，我又重新回到校園了。

但這已不是我先前曾就讀的任何一所大學校園。今年冬天冷得較晚，這才是寒流開始南下、冬天真正來臨的第一天，我又回到校園裡。利用從舊有工作離職、即將投入新工作之間的假期，隨著仍在學的友人去旁聽了一堂文學課。

當然不是為了上課。我對自己說，更不是為了文學。本來也想過換一門全無知識背景的課程去聽，或許反而能輕鬆一點。但就著網頁研究許久，看來看去，總還是選了堂跟文學相關的通識，大概就是「文學電影之改編」或「電影與文學」之類的什麼課名。不記得了，但其實那是什麼課都好吧？取了什麼樣的課名，很重要嗎？

曾經我也計較那些，名目與命名，但現在的我也不明白什麼才是重要的。

今日課中談的是張愛玲，討論張愛玲小說與相關電影改編。只是入門的課程而已，但不知為什麼，對現在的我而言似乎又重新變得艱深——文本解讀與理論的適用自然都仍能瞭解、跟上，然而整堂課聽著卻倍感吃力。這是為什麼呢？台上的年輕老師親切地講授著電影與文學種種，真實與虛構種種，台下學生們聽得興味盎然，偶爾更熄了全教室的燈觀賞電影片段。老電影的片段彷彿又是課中之課，但這些我幾乎都曾見過了，有時便分了神偷偷轉過頭去，看見座側一雙雙年輕黑亮的眼睛閃爍著光芒，小小的宇宙在他們心裡或許也正經歷著各自的大爆炸。哪有什麼是舊的、虛構的呢？一切都是嶄新而真實的。

就這樣如夢似幻的看完了節選的電影片段，我們的世界好像仍深陷在黑暗的電影裡。但燈已亮起了。沒有架子的年輕女老師帶著笑容，輕輕的點破說道，張愛玲在這裡是明著用了反諷的寫法如何如何，在後文情節裡卻又暗中設了反諷的結局如何如何，反而坐實了先前的諷刺與挖苦等等。那麼親切、真可為人師的年輕女子，冬日的教室裡，這樣放鬆了與我們談論遙遠而寒冷的「那個」張愛玲，偶爾也說些讓我們都能開朗發笑的聰明話，而我們也確實笑了，彷彿真能在那些話語裡見證青春信念的火花。但或許是我的問題吧，怎麼……怎麼聽上去就有一點蒼涼和世故呢？

我想這是我的問題。燈光又一次暗下，這回要看的是電影《傾城之戀》的某一段落——年輕的周潤發單手扶著不知名的牆，在漸漸拉遠的鏡頭裡低聲唸著，也許還剩下這堵牆。頓了頓他說，也許妳會對我有一點真心，鏡頭拉得更遠，繼而又說，也許我會對妳有一點真心。那樣不合時宜的文學聲腔、認真得近乎誇張的演技，我感覺到自己是有些坐立難安了。電影繼續播放，鏡頭拉遠。在此同時，窗外傳來路上行人放聲大笑的聲音。

也許我會對妳有一點真心。亮了燈，下課了，我們擠在人群中鬧哄哄地走下研究大樓的階梯，外頭下著雨，各色的傘張落在校園建物間的小路上，讓我想起剛剛課上學生們爭相舉手發言的模樣。也許我會有一點真心。其實我也曾是真心相信這些的，也曾躲在室內認真的唸過書，備過課，考過試，寫過正確的評議，與人起過應然實然之間無謂的爭執。我繼續向前走，走進人群裡，低著頭頻頻說著抱歉，借過一下，抱歉，抱歉。雨還下著，外套也漸漸濕了，雨滲了進來，可以感覺到寒冷的水氣。

我只能繼續向前走。穿過相對峙的學思樓和商學院，窗玻璃上映著重重人群的倒影，不久便來到學校的側門口。不相識的大學生們三三兩兩並肩交談，紛紛超越我、走出校外。我想起小說與電影中皆曾出現的另一句台詞，我要你懂得我。我要你懂得我。然而這怎麼可能呢？即使我曾認真學習過此間相關的許多知識，但這畢竟是一所我不曾就讀的大學校園。我雖熟悉這裡，它卻對我陌生。

是否曾經就讀與學習，很是重要嗎？還是重要嗎？如今回想起來什麼都有一些模糊了，在大雨之中，擁擠的人潮裡，我從側門又一次離開了學校，又一次——也或許不會再有下一次的，離開了另一所終究與我無關的學校。

輯四

時間霧

累積

那日放下書本，循南迴鐵路，從花蓮回南部來了。有時就是這樣，也不是為著什麼，只是想回來一趟。

也可能其實是認真為了什麼，只是說不出口。匆匆忙忙趕去花蓮車站坐車，倦極了，上了車倒頭就睡。似乎作了許多許多的夢，醒來卻一個都不記得。當下也沒什麼懊惱的感覺，夢嘛，夢不就是這樣嗎？但卻打心裡覺得茫然，虛虛實實之間，看向窗外知道列車正在過橋，剛剛入冬，水量很少的河谷裡白茫茫一片，不知道是芒草蘆葦還是什麼的，只知道白茫茫一大片野生植物隨風搖動，隔著車窗，像在吶喊，令人心驚。「安安靜靜最大聲啊。」電話裡友人輕描淡寫的說。安安靜靜最大聲。掛了電話後發了好一會兒呆，回過神來才發現剛剛的溪谷已經過去了，新的溪谷隨即又在前方展開，但溪谷中一點水也沒有。狹長的、更顯縱深、奇石嶙峋的冬日溪谷，不曉得怎麼侵蝕而成的新的溪谷。

剛剛友人電話裡談著感情的事，縮得小小的那樣談，語氣溫和，但像是溫水裡漂浮著一顆從內龜裂開來的冰塊。那是剛剛的電話了，但我現在才感覺到慢慢暈開的冷，熱心伸手想幫忙打撈，但在過去的經驗裡已提前感到徒勞。感情之事都是如此，感情之事難免感情用事。窗外的溪谷快要過去了，鐵橋下是失去光澤的灰沙與石頭，尷尬的堆在乾河床上。原來不只是全然的堅持，全然的承受也不是想像裡那麼容易的。每一種傷害與每一種受傷的背後，不曉得都有多少情非得已呢？這樣講好像有點太輕易了，但我真覺得這就是了，所謂人生實難。

列車一連過了好幾座鐵橋，佈滿細小礫石的河床左右，都同是這種白茫茫的景象，直到過了玉里，才慢慢變成了狗尾草。待轉過南迴區段、到了西部來，就只剩下魚塘、白鷺鷥和檳榔樹。以及人。許多小站稀稀疏疏立著候車的人，引頸看著列車進站，有些就此上了車，扳開老舊的車門，加入我們。但更多的時候常常是這樣：他們久久等候著的，並不是我們久久才來到這裡的這班車。

記得

像是某種靜靜的預示與回應，詩作〈如果降下大雨〉見報後連日大雨。每每推窗確認，真的降下大雨了，不是借喻，不是如果而已。

因為大雨的關係，整週都很少往學校去，甚至應該說是幾乎不出門的。直到今日因著必修課才認分去了文學院一趟。雨實在下得太大了，出門如臨大敵，雨衣雨褲全罩安全帽，窮盡人類文明平價階層的全副武裝，去抵擋殘酷月份的哀傷之雨。準備這樣充足了，但騎上車不多時，溫暖的雨水還是順著雨衣領口的縫隙滲透了進來。濕了就沒辦法了，一邊騎著車一邊繼續讓全身浸泡在溫暖的雨水和汗水裡，起先當然也是煩躁懊惱的，這麼大的雨。但漸漸也平靜安穩了下來，浸泡在溫暖的雨水裡，時間的福馬林。

我記得這種感覺。十七歲時南方也有大雨天、也有過幾次這樣的感覺，雨連綿不絕的下，彷彿一切都永遠不會改變。同樣是如此的雨天，但除了裹在雨衣裡那種孤獨的溫暖不變，其他什麼都變了。時間的福馬林。「時間從不理會我們的美好」。好不容易到了課堂上全身已幾乎濕透，也許是因為雨天的關係吧蹺課的人較多，許多空位，坐下來聽隔座的同學帶著譴意問，很後悔來上課吧？我說不後悔啊，畢竟是非來不可的。非做不可的就無所謂後不後悔，只是甘願或不甘願而已。堅定強烈的甘願或不甘願，便能延長不後悔的效期。這是愛與意志之能事。時間的福馬林。

今日上的是詩歌研究課程，主題，素材，意念欲念，結構裡外以及建構解構，許多小小的宇宙與小小的人生，有時像島，有時浮游。三小時過去著實也累了，畢竟死死生生這麼多次還是很耗費心神，下課了便不急著走，坐在走廊底下，望著外頭風雨中形貌模糊的群山群樹發呆，稍回過神來才發現，其中較高的一兩棵行道樹，樹幹竟一致微微彎向某個方向。可能是前幾年颱風的關係吧。我想，那時街坊巷里的老人家都說是有生以來遭逢最大的颱風，志學村，或說整個東台灣災情慘重。但現在所有倒毀過的建物、碎落的市招或窗門，也都已經收拾修繕得不留下一點痕跡了，行人神色輕鬆，在危樓曾在之處來往走動。只有樹還記得。那些好多年前就已經長成的樹，只有它們還記得，並因而從此不一樣了。

樹猶如此，如此怎麼呢？我不知道，也不知道曾經歷這一切的你們還知不知道。那些已經無法數算的、不可數的、不可知的「你們」，如今時間的福馬林裡的我們，在各自的故事裡迎著風雨涉水，途經怪異歪斜的樹，像是看見液面上下折射影像一般，並不是每個人都要駐足關注。

颱風侵襲，只留下存在與傷害之證據，從不得不然而至自然而然。時間在雨中修繕，耐心重現所有的缺憾，比如傾斜之樹。樹猶如此，人何以堪。

停滯

閒暇無事的時候，尤其容易想起瑣碎的往日時光。深陷其中不可自拔，再清醒過來時，傷害與快慰又潮汐一樣重新漲滿胸口，真正過去的，唯水似的時間而已。而那些深深淺淺、對人生或美好或惡毒但同樣簡單的渴望，大概就是溪流侵蝕而成的生活的凹地，彷彿神祇有力的臂彎、消瘦的臉，我們心裡那些憂傷的少年棲居在此，終究不會消失。

聽說鋒面不會這麼快走，就要入夏的花東縱谷時陰時晴，生活也是。連日在密集的盃賽中打轉，是很久以來難得密集打球練球的機會，球感好不容易恢復一些了，但體能還未完全跟上，心態也是。偶爾突然落雨，披著風衣坐在場邊等雨停，回想起來才發現：當年陽光熱血、風風雨雨的年少時光，雖然似乎不只是如此，但其實也不過就是如此。只是從想像走進具體的生活裡，如今更多的人事物需要我一一去命名去承認而已，時間也是。不管是不是經過詩，這一切其實還是隨時都在發生的。隨時都在發生的，我也是。

雖然不過都是瑣事。有時雲落下變成瑣碎的雨，有時天空破裂成瑣碎的雲，但那都只是偶爾的事，更多時候，時光快得彷彿瞬息萬變的萬事萬物皆停滯不前，「世界老這樣總這樣：——／觀音在遠遠的山上／罌粟在罌粟的田裡」。瑣事的狹縫裡總藏著巨大豐沛的訊息。不知道是怎麼樣的氣旋或對流留下了盤桓不去的滯留鋒，梅雨季，不知道是什麼事件留下了哪一部分的原因，讓我在久久以後的此刻成為了我自己。雨落在縱谷兩側連綿不絕的山脈上，可能改變了什麼嗎？可能曾經或者終於，改變了什麼事情嗎？

可能真是如此，然而我也不能證明，或許比較容易的，是就繼續相信——相信我們永遠都不會變，一切都將停留在這裡。

無措

昨天晚上作了夢。夢見時間。

日子渾沌過去，昨日與今日之間往往沒有不同。唯有夢。夢是時間偶然現身的時刻。只是這陣子以來少有睡醒後還能把夢記得這樣清晰的。昨晚夢見了許多好久不見的男孩女孩，我知道他們現在已經不是我夢裡的樣子了，但在夢裡他們還是。我也還是。金黃色的夏天，上大學，體重剛剛抵達七十，身高還不到一八五，敢於快樂與憤怒，時時展現容易為了理想而熱情衝動的人格特質，但看到單純而美麗的女孩時，心裡仍難免有些害羞與退縮。對未來滿懷希望，但暫時還沒有什麼具體的想法。

醒來後坐在床邊發呆，雙腳因久睡而發麻。夢裡那感覺仍清楚，但夢中細節在早晨的陽光裡已開始一一溶化消失。我有些難過，不知道該怎麼替自己留下這種感覺，好像自知有一部分的我已經不見了，單純的友誼，懷想，希望，信念。我不是有意變成較為世故、較為均勻、較有耐心、願意繞路的這個樣子的，但我終究變成這樣了。

無知是一種一旦失去，就再也無法找回的東西。無知是不能證明的膽小的霧中之獸，在別人口中輾轉傳說，一動念去信去疑，就要消逝。無知的狀態和無知者是彼此的謎與前提。層層疊覆、彼此支持互相保護的那種無知的少年狀態，尤其是禁不起驚擾的。夢裡那個好些年來都沒聯絡、甚至也不曾再想起過（就是那種偶然相遇但彼此根本不可能再聯絡的團體裡）的馬尾女孩對我說，欸，要放暑假了喔，我很喜歡夏天打球的感覺耶，雖然會曬得很黑，哈哈。

我記得那樣極其簡單的笑聲。我說的是那樣的感覺。曾經不加設防的好奇心與樂觀，那麼容易傷害也那麼容易受害，那麼坦白、容易曬黑、對什麼事都有重新再來的勇氣與覺悟，那麼靠近自己，靠近時間，情緒，善良與快樂，那麼靠近每種狀態每個詞彙的本質。

醒來後我很努力回想馬尾女孩和她身旁其他男孩女孩的臉，但終不可得。我深深記著這種感覺，即使無法改變那只是／已是一個夢的事實，即使連「晚些清醒」都已是不可能的。夢和夢中之人如今都是時間的一部份了。都是時間的一種態樣，而不僅僅是時間描述的對象。不能言說的一切催促著我，但我會記著。我很喜歡夏天的感覺耶，雖然會曬得很黑，哈哈。夢中那個馬尾女孩的面貌是模糊的，笑聲是模糊的，而我的其實也不夠清楚。彷彿是某種遲到多年的暗示，正在試著提醒多年以來不知何懼、不知所措的我。雙腳發麻的感覺已經開始消退，更多的陽光讓室內溫暖起來。長大或許就是這個樣子的。青春的夢和夢裡的青春，以及裡頭因漸漸長大而益發幽暗的快樂。

該怎麼說呢度過幻覺的長夜此刻坐在充滿陽光的暖房裡，時間之潮退去，露出往日的沙灘與岩岸，我已經全然清醒，我知道我懷念，我確實對一切無力應對，我在準備了，但有一些什麼無可取代的美好，已經從此消失——也因此永遠地存在了。

震動

課程報告剛剛交出的日子總是最清閒的，雖然揪緊的心神一時還不能鬆懈。網路上晃來蕩去，意外找到了〈We are the world〉的MV。也就是一九八五年西洋樂界群星為非洲飢民募款請命所作的合唱曲子。目盲的Stevie Wonder低低唱的那句「There are people dying」如今重聽仍令我覺得寂寞而疑惑，世界是怎麼從那時的樣子，變成現在這樣的呢？

最壞的時光不知道是終於降臨了還是將會過去，這只是一題之兩面。真正教人困惑的，是不知道是否真有「最壞的時光」這種東西。花蓮今日天氣晴。下午一陣天搖地動，五點六級聽說。我恍恍惚惚睡了又醒來，地震時坐在床緣發愣，心裡平靜異常。想起那個有著青春期莫名煩惱的女孩，如今大概已成為能在午茶中尋得幸福快樂的女子。當年那個對坐發愁的男孩，還要多久才會世故成熟？無人傷亡的災害帶來兒戲一般的騷動，午後近乎沒有的一級風。這是個如此缺乏毀滅的年代，世事甚好，但總有些什麼細小畸零的已是徹底寫壞的信或譜了，說是擱置忘卻，也是靜靜的毀滅。

遲鈍

越發覺得生活中的意義與驚喜是很少的，多數時候一事無成。

有時看書看久了，突然發起呆來，那種沒有想起任何事的發呆。等回過神來發現書還停在同一頁，也不覺得懊惱了，也不知怎麼解嘲。只是抿抿嘴露出一點尷尬的樣子。天氣漸漸涼了，不知是我的錯覺還是真的，窗外的蟲聲好像少了一些。偶爾在外晃盪得晚點，回家時浴室的熱水器不太靈光，暗夜裡洗著冷水澡，不覺得快意，只覺得冷，會靜靜生起一種「一切都已經過去了」的錯覺。

又或者那其實並不是錯覺嗎？大多時候我也無心深究了，只是作勢問問而已。或許是因為已能明白更多了，而至接受。對於這些，我都已經不再能夠察覺。

分別

前幾天，與友人L去看數位相機。

我對相機乃至相關科技皆不在行，但經解釋仍約略能了解其中差異，並為了這些差異深深苦惱。最容易了解的差異自然還是價錢。在這樣物質生活和精神生活錯身而過的交點上，我每每覺得為難，不知道該揮霍一些或節約一些。我想我需要更好的方式來記錄我的日子。我看著那些相機，各式各樣，心裡默默想，我需要好日子，雖然我還不太願意為了好日子而放棄那些泥濘的壞日子。

或許也包括了那些在泥濘的壞日子裡腐壞的一切，發臭的一切，求新求變改頭換面的一切。一切。為了測試新買的相機，我們就近去了愛河。如今沿岸已經裝置滿了亮晃晃燈飾的愛河，河面上跑著耶誕節一樣掛滿燈泡的遊船的愛河。兩個大男生坐在失去臭味的愛河旁，偶爾東拍西拍，有些失神，不知道該認真關注的是什麼。拄杖的老人與滑板少年紛紛經過我們，有些就在一旁的長椅上坐下來，喘著氣休息。老高雄和新高雄始終對峙在河之兩岸，曾經繁華的已經沒落了，曾經破敗的也漸漸繁榮起來，此起彼落的華樓與市街，十餘年間已經又風光落魄過一輪，其間的界線越來越難以釐清了。什麼是好呢？怎樣區分新舊才是正確的？哪些是過去、現在何處、未來又該往哪裡？無臭而美麗、人人可親的時光之河，河面上晃蕩著悠閒的燈光人影。再也沒有一道可以正確的抗議或咒罵的界線了。

再也沒有了。無法拿捏立場之真謬時，我們只好閒談，閒談，並對世界保持近乎譃意的敵意。這是青春尾聲的夏夜。我們已經長大，球賽已經比完，颱風警報發佈又解除，不準的預測與詛咒大家將通通忘卻，少數準確的部分，則會跟著那些美好的偶發事件繼續被傳誦被記得。記憶裡一切都有一條準確的界線，只是那線時時都在變動而已，我看著沉靜的河面，想到楊澤說的，「人生的浪頭皆已過去」。人生的浪頭是什麼啊？真的有什麼已經過去了嗎？

時候已經晚了，我們繼續不動聲色坐在徹夜燈火通明的愛河河畔。河水細膩的波紋在燈光的照射下粼粼發光，各種柔軟的愛意惡意和一閃一滅的人生觀，扭曲又拼湊著我無比著意卻屢屢因受挫而失神或奮起的成年生活。這是颱風前夕的夏夜。充滿力量的風雨就要來了嗎?我紛亂的生活會因之而終得收攏為一還是從此更形支離破碎呢?我看著河水,繼續瑣碎地和友人說話,拿起相機,開了閃光燈隨意拍照,努力保持明朗的口吻交談,好像只要這樣,在心裡留下的影像就會一直那麼清晰明亮。

當腐臭與災厄過去,成為「美好的」回憶,我仍能夠指認那些彼此不同——乃至各有不堪之處的生活場景嗎?而除了我以外,又會有多少他人願意從不同的鏡頭中,逐一耐心地分辨出那些不同的我——那些在我心中宛如鬧區廢墟一般的壞損與愧疚、而不斷然作出「正確的」結論呢?

保守

有時我是被動的。或者也可能我一直都是被動的，對時間與變異感到畏懼的，畫地自限的，但只有靜下心與人交談時才會察覺。

暑假茫茫度日，偶有飯局，尤其是來自從前社團或球隊的聚餐，常聽到仍唸著大學的學弟妹們抱怨在校瑣事，選課系統如何如何，同學室友如何如何，社團學長姐如何如何，教授老師如何如何。那些口吻是那麼似曾相識，那麼能牽動我的情緒與認同，一次又一次，幾乎讓我誤以為仍置身其中。

但當然我是脫離了，長大——或起碼是經過了，只是我心裡可能還不願意就此承認。幾次的對話中，我一次次老氣橫秋地告訴他們，選課系統爛其實沒什麼，真實的生活也是如此，希望課程好一點就好了，雖然真實世界不見得是如此。所以我又說，如果連課程也爛，那麼就求身為學生的自己角色扮演得好就好了。偏偏真實世界大多時候也不是如此。

這樣一步步退讓的飯局是消磨人心的。真到無話可說時，我也只能從對話中抽出身來，看著窗外陽光遍地，恍然想著自己當初與友朋一起窩在小店或社辦、商量怎麼找校方麻煩、找整個社會麻煩也找自己麻煩的樣子。那些象徵意義上的燃燒與真實世界裡的燃燒，那些倒楣的被我們選中的人，以及公物。時移事往，所有我們曾經對抗過的人事物都沒有變得更勤快更富理想性，「他們」不曾真的因為誰的怒火而燃起熱情，倒是我以及那些「我們」彷彿真受野火所懾，從此變得自卑而溫和如同灰燼一般了。

為著各種原因。此刻窗外盛夏的陽光遍地，我在窗內卻只能以往事取暖。但我卻不再像早先那樣覺得挫敗，大概是終於能接受了，或最少，是終於開始對自己有所懷疑了。各種原因。想起今年暑期在波士頓的許多下午，坐電車往哈佛的路上，某個起了一點霧的黃昏，不知道雨下還是不下，不知道霧會更濃還是散開，什麼都無所謂什麼都不怎麼樣，什麼都看不清楚，也因為看不清楚而以為是美了。

那樣的黃昏大概是某一階段的總結，模糊而無害的黃昏。這些年來到花蓮，窗外的天候時陰時晴，但房裡（不論是家裡的或是餐館裡的或教室裡的）空調始終是同一個溫度。打開電視和打開窗戶很多時候是這麼類似的行為啊我想，眼睛和想法都還在外面，然而身體已經躲在裡面了。

比如此刻。這些都是我的局限。為什麼明白自己如今的局限而不試圖改變呢？我仍記得餐敘中學妹那樣睜大眼睛問我的樣子，也記得自己如何訥訥不能言。在經過那些最美好的挫折之後，我還能如何改變呢？我該如何改變我的底限？我該如何真心變成另一個人。

放棄

久未返家，這次回家才發現放在高雄老家的機車壞了。這已經不是第一次，可能機車實在是太舊，牽去機車行修了幾日不得要領，和師傅蹲在地上直搖頭，只得暫時放棄。不得不重新過起高中時代靠大眾運輸工具移動的日子。

一日早起，要搭公車去火車站，或許是因為實在太早，整個高雄仍浸在迷迷糊糊的晨霧裡，像在作夢，情節細膩整齊、景物與所思所想都合乎日常經驗、能夠醒來卻記不下來的，那種夢。早上七點出頭，剛好也是高中生等公車的時間，陽光中燦爛卻又迷惘、疲憊卻仍仰頭張望的高中生形象，從以前到現在都是一樣的。就此來看高中生是個超越你我的概念了。那年高中生在這個時間等車，這年高中生仍在這個時間等車。

與我同站牌候車的還有三、四個雄女的學生，彼此站得很近，說不定彼此都是熟識的，但都在看書，沒有交談。她們順著五福路直行到雄女的50號公車先到，我靜靜看著她們魚貫上車，車窗上暗暗的玻璃裡還有更多比我年輕很多的友校學生，臉孔是模糊的，而我也已經過了想去看清她們長相的年紀。想起許多失聯多年的雄女友人的臉。那時不知道彼此可能就此再無聯繫，所以也總想著這些那些改天再說就好。是什麼時候意識到這件事的呢？很難說啊，到底是這時還是那時呢？很難說離別與緣份究竟是怎樣的事，很難說關於這一切所有的故事，情事，人事——到底是誰先鬆懈了，還是……還是都只是時間使然呢？

總是有人得先放手，總有人會起身先走。但那會是誰？又或許都是早早安排好的。我而後也等到了52號公車抵達火車站，搭上預定的列車，準點發車，準點到站。抵達花蓮夾雜在人群中下車，時間已過正午，沒有下雨但天空已經陰沉下來。我可能是有些沮喪的吧，其實也不太確定那是否就是沮喪。卻想起無數與親友告別日子裡的好天氣。那些也都是早已注定的嗎？或者只是機率而已？

為了或小或大的事，或親或疏的人，認真選擇或逼不得已，我無數次背轉過身，以為數算到十就能回頭再見。然則再轉身往往都是多年以後，什麼都是南柯一夢。從我們轉身的那刻起，好天氣和壞天氣變得更難區別了。然而此時抬頭看看天空真是暗的，無法分辨正確的時間。無法分辨的或許比這些更多。我覺得累，行李很重，我無法否認，細小瑣事裝滿我的時間行李，每件都應該捨棄，但我清楚明白我就是那樣的人，我還是有怎樣都無法放棄的時候。

突破

有時候看看自己與友人往日寫下的文字，不免也有點害怕。成長與孤單，竟然成了我們難以突破的主題。

這天參加了一個青輔會所辦的研習，從清早一直到傍晚，窗外下過不耐的夏日雷雨，我們在室內，紛紛單手轉著筆桿，浸泡在年齡相仿的熱血學員群中，一起學習再一起懷疑，最後如果可以，便能一起承認或揚棄。當然多數時候是不行的，應然實然顧此失彼，太多事情猶未可知，但就算不行又何妨呢？只是個研習。教會我們最多的本來就不是紙上談兵，而是猶豫。課後又與認識未久的友人H留在騎樓下，跨坐在別人的機車上，繼續討論永遠未盡的時事與無盡的自我，信與不信，往事與未來，無可救藥的好日子與無可救藥的壞日子。我們也討論成長但似乎沒有什麼頭緒，彷彿航過錯綜複雜的水道，度過最後一個河灣，眼前是教所有通訊設備都要失去訊號的汪洋大海。時光的波浪高高低低，讓人覺得永遠都在前進，也永遠都在原地。這就是猶豫。雖說是討論但恐怕比較接近逃避吧。天漸漸暗下來，影子越來越深，越來越模糊，給人一種彼此越靠越近的錯覺，天色持續轉暗，直到我們都變成沒有影子的人。

這有點突然，不如課本裡豐子愷說的那樣愜意。沒了影子的掩護，誰都看不見誰的時刻，很多事情反而變得更清楚了，比如聲音，氣味，情緒，依賴與曖昧，都變得更真實，更難以狡辯，躲無可躲，逼著人去發現許多關於自己但自己從來不願處理的事情。比如說信心和同理心，比如說愛和傷害，比如說位在這些情緒交界處昏暗不明的界限與路口，錯過一個路彎，便要往深淵裡去。比如發現自己其實是無比殘忍的，比如發現自己有著越來越多的秘密，有些甚至是連我自己都不曉得的。更比如說，發現殘忍的是我們不只看到自己的秘密，更看到了彼此的，看到但終究不能看穿，更不能說破。H有時頑皮的在立著中柱的機車上搖晃，一下，又一下，我們像是互相交錯的水波，浮沉蕩漾，晦暗有情，誰也沒有辦法真正說服或化解誰的心意或立場。午間下過的雷陣雨在人行道的磚縫間艱難地流動，變成積水，隨著經過的人車輕輕晃盪，最後消散，沒有一滴能真正滲進地底。誰能記得那些蒸騰散去的水氣呢如果它們終究從形狀變成了……比如說變成了情緒，那種猶豫、委婉、帶著黯淡光澤的秘密。

我該如何記述這樣的過程呢？所有漸漸改變的事情，其實都是突然發生的。突然變了，突然老了，突然愛了，突然懂得或迷惘了。地面愈發乾燥，路燈一一亮起來，馬路上車行與人行的聲音，一次一次打斷我們越來越龐大的話題。這世界不同的生活正同步運行，什麼事都教我著迷，什麼事都教我專心，什麼事都教我分心。

要義無反顧、一心一意地長大，原來是這樣艱難的事，而要找個人一起去做艱難的事——哪怕只是一起討論艱難的事，好像也沒有比較簡單。友人H有著極其善良誠信的眼睛，偶爾快樂或沮喪的一瞬間，也會離了題出神看著我或廊外的街景——那是同一種眼神，像是一個逃避的自己冷不防撞上另一個也正惶惶然逃避的自己，像是漸漸暗下的燈終於熄滅，像是不斷加溫的火終於點燃，不確定的氛圍，突然的不安與稍縱即逝的溫暖，以及——以及猶豫。講著講著我確定我是一無所知的了，我甚至不知道該不該坦白自己內心的感情。

那些或巨大或私密的、透明的時光智識之海的對岸，可能藏有一個能讓人安全抵達並真心相待的島嶼嗎？我還不知道那些答案，我也還不知道妳。我在心裡默默說，忽然想起研習課堂上那些沒有結果的時事議論。我們該如何越過這些？我看著H的方向，想像黑暗裡她或許也看著我的方向。我甚至還不知道什麼將是妳我之間的課題。

霧

近日諸事不順。下午騎車去了市區一趟，沒有特意想做什麼，甚至是有點特意不想做什麼的。

颱風過後的花蓮縣靜靜的，山巒還是同一個樣子，省道上也沒有太多落葉斷枝，但有稀薄的霧氣，稀薄得難以辨識這樣到底算是起霧了還是沒有的那種霧氣。像是某片雨雲被颱風氣旋的旋臂丟出來後散了，就一直留在這裡。我幾乎是賭氣著騎車快速穿過這些的，雖然心裡多少還是有些勾勾掛掛，但也只能把這些留在這裡。只能這樣了，留下並且穿越，讓這裡變成了那裡。

出發時中央山脈那側已能看到霧氣與山嵐，但大致來說還算是晴朗的好日子。然而回程時或許是因為日頭又稍稍斜了一些，整個縱谷區竟開始顯得迷迷茫茫的，萬事萬物都失去了方向。我模模糊糊順著省道騎上大橋，橫越木瓜溪。銅門那邊的山頭比來時更不清楚了，已經無法看見山上的電塔，只剩下更遠的山路上提早亮起的燈火是能夠辨識的。四點多而已怎麼就亮燈了呢我也不清楚。大白天的燈火。河水在橋下湍湍流動，河底有著青青的顏色，不知道是青苔還是玉石。不知道其實也不要緊，重要的是那種青青的顏色。永恆但是冷靜、甚至有些涼薄的河水裡，我靜靜看到的那種青青的顏色。

那麼多的諸事不順，有時候想一想也就釋然了——也不能說山啊水的教會了我什麼，我想它們是不教我的，它們大概不教任何人。釋然的原因，反而比較接近它們刻意不教什麼。我想起友人彳常說的話，他說沒說出口的，往往才是最重要的。

沒說出口的，才是最重要的。我反覆在心裡唸著這句話，邊刻意不去看那些其實仔細張望仍能看清的山頭與風景地物，加快了車速，讓色彩和時間沖刷清洗著我，浸潤我，想像並試圖感覺曬黑的肌膚緩慢褪色，衣袖底下，漸漸顯露靜脈的位置。沒說清楚的才是最重要的。

邊這樣想著邊覺得好像哪裡矛盾，友人彳他終究還是說了啊，他說沒說出口的最是重要，但他將這樣的觀點說得何其清楚。到底什麼才重要啊我懷疑，或者真正該問的是，怎樣才是真正的「說」呢？但已經來不及了，霧區稍稍落在我的後頭，前途遠比來路清楚，我和我的車已經越過木瓜溪，下了大橋，我想停車熄火但不知道為什麼終究沒有。

繼續往前，想起剛剛的霧，以及霧中的自己。隱隱覺得有些寂寞。時間啊，時間是霧中之路。

平反

忽而體認到，書寫本身似乎真是帶著抗衡意謂的。

這不是太新鮮的見解。認為書寫可以抵抗時光的人很多，認為可以抵禦惡疾苦痛的也不少，更有認為可以時時醒己之神、抵住遺忘乃至失望的，簡直涵蓋了萬金油的全部功效。

然而我體認到的似乎也並不是這些，或說不只是。

這些天看了許多與畢業和寫作無關的閒書，越閒的看得越多，越無關的看得越快／快樂，最後一本看完的是時報出版的《成吉思汗》，描述蒙古帝國的興衰與對後世的影響。尤其是對後世的影響。作者舉了許多反證來替西方經典中形象萬惡的韃靼人辯護，用另一個不同於教科書和文學讀本的方式重新說了蒙古帝國的故事。翻案故事最好看不過了。我越看越入神，入神到一定程度後變成恍神，恍神，最後出神。等猛然回過神來，發現已經翻過了好多頁，頁頁裡的故事都是清晰的、卻難以記住細節。或者也可能我是記得細節的吧，只是不確定而已，我以為那是故事中我老早就知道的部分。

從上午看到正午，甚至過了正午，房內的光線由黃轉白，開窗往外看，天頂已經大亮。風有意無意地吹著，我在花蓮，卻覺得風沙滿面、無比疲累。成吉思汗在書裡已經死了，許許多多他的子嗣、所謂的黃金家族，也已經死了。好像什麼都挽不回了，然而往回翻個幾頁他們又好像都騎上快馬活了過來。書末又概略的重述了年輕的鐵木真搶回遭擄的妻子一段，並以此重新下結：「他救回了她，然後以他此後的人生保衛他的部眾，使其免遭外敵攻擊，即使那意謂著將傾其一生攻擊外人。由此，他改變了世界，創造了一個民族。」我想起羅智成寫的，我心有所愛不忍世界傾敗。好像又都活了過來。

包括我自己。或許在巨大的意志面前，平反其實是輕易的，時間其實也是輕易的。但我是沒有什麼勇氣回頭再重新看他們一眼了，即使很想。我想，邊分神聽見遠處有一種充滿力量的、隆隆的低音巨大在響。那是十一號省道上南來北往車行轆轆的聲音。突然驚覺其實已經不能說那聲音轆轆了，剩下的只是修辭裡一個偏旁的想像而已。

事件終究都是會過去的，而其軌跡的交集處，可能便是我們所能見識並共同承認的這個世界——世界當是一條巨大的道路，沿途遺落之物不可計數，而書寫其實也不是什麼大事情，不過就是熾烈的豔陽下，偶爾有了心有未甘之人鼓足勇氣掉轉車頭，逆行回去，或是僅僅煞住車轉過身，朝著什麼都沒有的來路，不服氣的多看一眼。

煙火

在台北度過了去年的最後一天和今年的第一天。

原先只是為了球隊北上比賽，後來索性又追加了跨年行程。跟一大群隊友和球隊經理們夾在不能盡意的去年與不可能更如意的來年之間，近距離看著台北一〇一轟然變成一支彩色的仙女棒，除了震撼，似乎也無法再因而覺得幸福。但也不再令我想起那些絕望的事了。我也曾經像許多人那樣，以為花火在本質上象徵上是如何地接近死亡、又是如何接近過量的漫溢的快樂與希望，如何在你我所不能及的高度展演存在與消滅的本質。但現在也不再這樣聯想了。

所有的一瞬間畢竟都是被定義出來的，真正可怖可喜的又怎會只是那一瞬間？不能是，也不可能是的。我賭氣想著。否則在那引人注目的一瞬以外，我，我們，所作所為的一切算是什麼呢？周遭人群繼續為升空綻放的火樹銀花發出讚嘆與歡呼，每張仰望的臉都那樣投入，讓人想起幾小時前才在誠品看到詩人馮青所寫、幾乎與我同齡的老句子，「是你走累了林蔭道／想找一張寬闊的椅子坐下來休息／睜眼俯視冷冷的地面／竟有片年輕、小小的凋葉／也在／仰臉看你」。

長久的俯視與長久的仰視有時候其實也能歸類成同一件事。當身處在某些困局當中，「注視」是一件如何悲哀又徒勞的事呢？甚至只是有了那樣的欲望，即使眼神不曾接觸，大概也還是悲哀的，只是無從察覺。我望向四周，大家全都仰頭看著煙花綻放，沒有一人看我。沒有一人看我。時間慢慢過去，很快煙火就要結束了，失眠者的嘉年華已近尾聲，人群開始往捷運站入口湧去，我夾在流動的人潮裡不由自主跟著大家跑了起來。邊跑邊覺得有些荒謬啊，我要去哪裡呢？但那樣的氣氛讓人無法自制，我再也沒有勇氣像許多電影裡老套的橋段那樣孤身站在原地了。

跟著陌生的人群，以及親密的隊友們，我也努力跑著喘著，大聲歡呼，新年快樂，新年快樂，不知道是想靠得越來越近，還是想離得越遠越好。跑啊，繼續跑，如果一直跑下去的話，新的一年一定會改變些什麼的對吧。但直到我們跑到盡頭，人潮在捷運站入口前完全塞死了，所有人不得不停下腳步，我才意識到那些寂寞與孤單、那些情願與不甘的往日，其實都沒有過去。沒有跨越什麼也沒有什麼跨越了我，人潮繼續推擠著，壓縮著我的空間，好像也壓縮著我，我卻再也無法成為「他們」之一了。

推擠在人群中，我彷彿完全失去信心那樣地安靜下來。抬起頭，夜空裡什麼都沒有，那些過去我曾因太過在意而屢屢試圖跨越擺脫的燦爛時光，星光，燈火，花與蝴蝶，鐵灰的雨和金色的風，都到哪裡去了呢？在黑漆漆的天空下我開始有些憂慮了，隨即卻又茫茫然忘了自己到底在憂慮著什麼。

一年過去了。到底是為了什麼？又到底發生了什麼。我怔征望著不遠處被人潮沖散的友人們，湧起溺水一般的恐懼。這些不可能重新證明的人事與沒有機會重新燃放的青春，會不會——我只是有那麼一點懷疑——會不會有那麼一天，也將完全消失在我的心裡呢？

生日快樂

成年之後，很久沒有這麼多人對我說生日快樂了。越來越忙的時空裡，新的歲數往往來得非常突然。

更突然的是祝賀。我完全沒有準備，實質上的或僅僅是心理上的都沒有。以前從沒細想過，這麼私人的事準備著的怎麼往往都是旁人呢，好像習慣了也就合理了，可是深究下去卻又隱隱覺得神秘。為什麼就有這樣好的事呢？全無理由，單純渴望快樂，總是有更多的人準備著，僅僅為了一個無從準備的人。

總是如此，今年尤其是。不知道是人際關係經營真的開竅了，還是剛好流年命盤八字星座之類九星連珠的好運道，今年給我祝賀給我快樂——甚至跟著也因而快樂起來的朋友，似乎格外的多。但當然更多人是忘了的，那些我所在意的人，但當然那也沒有關係。總是有人願意記得其他人才能放心忘記。我在心裡盤想著，找尋溫和的可能和解釋來取代述說。謝謝那些始終記著我的人，謝謝那些開始喜歡我的人，謝謝那些尊重我的人。謝謝那些我所尊重的人。

笑聲低一些，話少一點，日子畢竟還是過了。我想起海子是二十五歲死，死前寫了面向大海，等待春暖花開。為了的無非就是不再寫與不再等待。而我如今終於平安的完全度過了那個年紀，一次又一次，甚至沒有太多更難以隱忍的掙扎，沒有太多難以負荷的理想沒有太多龐大喻指的夢，沒有誰最美，沒有誰相隨，沒有太多要人命的快樂和傷悲，頭好壯壯，身體健康，其實什麼都沒有發生沒有改變。

世界老這樣總這樣。每到這些時刻回望往日我總以為，說人生是廢話或髒話我到底還是不太同意的，大多時候，更多時候，我們其實都是不說話的。然而不說話的背地裡多的是想法。雖然不凡的想法底下，我們其實都仍只是平凡人而已，安安靜靜偷偷看著彼此，施展平凡的把戲。

但如果多寫一個字能多使一個人笑，我也珍惜。如果有人視我就是那一個多笑起來的人，我也珍惜。

謝謝那麼多人的遺忘或祝福，謝謝那麼多人的虧欠和禮物，謝謝那酒杯裡盛滿的酒，謝謝那以善意去衡量去切分的蛋糕，謝謝砸派的人與我們那些一塌糊塗的餿主意，謝謝那些曾經一起投入的比賽帶給我們熱烈的希望，謝謝那些虛擬的電動戰役連結起我們真確的默契，情感，或時光，謝謝那封即時的訊息代替了遲來的信，謝謝眾人與眾神的留言與啟示，謝謝每雙伸出的手，謝謝曾經握在一起的拳頭，謝謝你們每個人，謝謝每一個你們。

時間會繼續沖刷你我，尤其是那些特別善意美好的部分。褪去青春、色彩與詞彙，恐怕一切都是要明明白白來真的了吧？那麼真的，謝謝你們的祝福。相識與相忘的每一刻時時都在發生，如果可以，這每一瞬間都值得一句乃至更多——生日快樂。

意志

不知道為了什麼徹夜未眠。趴坐在書桌前，側耳聽見窗外下雨的聲音，心裡默默數算，等待遲遲未至的睡意湧現上來。窗外是一片休耕地，雜草藤蔓漫漫亂長了好幾個月，現在與野地無異。但那是白天的印象了，我調整自己的坐姿，捏了捏肩頸，動動滑鼠，螢幕亮起來。外頭那片地深夜裡不知道是什麼模樣。

我其實不知道自己默默算著什麼。野地，生命，聚散離合的種種，茫茫往事的來途去路，夢境與現實的距離，全都是不可數的。失眠應該是有原因的，只是此刻苦苦追索而不可得。又或許那樣苦苦追索不可得的過程，和意念，就是此刻失眠的原因。我回想窗外那片地靠近牆沿處曲折生長的藤蔓，想像它微風細雨裡被屢屢干擾打擊，可能正發出細微困挫哀嘆的聲響，像是刻意壓抑的腳步聲。細小的時間之賊們正經歷永恆的一部分，攀著柔軟枝葉越過我的房間外，繼續向上爬。

就這樣一夜過去，雨比黑夜更早撤離，所有的胡思亂想擱淺在漸漸退潮的黑暗裡，漸漸失去飄盪的能量。灰濛濛的天空慢慢轉藍，越來越淡的靛色，接著是正藍色，然後可能是在我低頭看書的某個瞬間，天就亮了。再抬頭時窗外已經一片金黃，進而照進屋裡，照在我身上。還未完全熟識的友人A的blog裡正放著Kelly Clarkson的〈Because of you〉，跟許多時下的流行音樂一樣，竭盡所有力氣與技巧詮釋著最庸俗而誠懇的情緒，全然相信或全然不信地唱著，那歌詞間的失望與懼怕彷彿不只是情緒，而更近於意志，近乎光。副歌末尾那句層層拔高又迴轉放低的I'm afraid，那麼痛苦又故作釋然地唱著，幾乎也要傷害我了。

除了少數字義清晰的單字之外，除了某些複沓迴旋的樂曲小節，我沒有能力理解這整首歌。我望向窗外，看見整片野地，看見濃淡和植被聚落，但什麼都看不清。我默默理解情緒的音律。我不能專心。天空很快便全面明朗了起來，窗外海岸山脈一側的群山在我所熟悉的位置各自矗立，逆著光，留下剪影。歌曲繼續唱著，像是真要唱與我聽，甚至像是真的在怪罪著我什麼。我有點不知所措，在音樂聲中再坐不住，起了身將桌上散置的書籍胡亂地一一塞回書架上，不曉得是試圖整理辨明，還是試圖藏匿。許許多多的字彙與思想夾在書頁裡進而沒入書堆中，沒入音樂中，時光之中，也許曾被了解又隨即被忘記，變成一種模模糊糊的聲音，或氣氛，或情緒，或者只是情緒下紛雜的底色之一。生活之一。

可能更是生命之一也未必。天更亮，毫不怠慢那樣地伸展開來，我推開落地窗，聲音瞬即紛紛然多了起來。Kelly Clarkson 的歌聲仍在音箱裡一次次重複播放著，越來越微弱，但卻越來越鮮明，某些恍神的瞬間，我甚至錯以為那真是某女子唱與我的歌，甚或是我正對自己憤憤唱著。

也許這真是我能對自己唱的歌。人常說的，「傷害無所不在」，那些這樣說著寫著的，不也是、不都是為自己歌唱的人嗎？我背對音箱坐著，仔細聽著那樣的音樂而不再試圖去理解，讓聲音逼迫我，滲透我鼓舞我，最終穿過我，往窗外的野地和山海消散而去，一層復又一層，終致我不再去聽，成為聲音之一。

當我注意到這一切時，天已經亮了，野地裡雜草也已生長成如今的模樣。日出的那一刻已經完全過去，這是氣溫開始上升的炎夏早晨。我志意渙散地看著褪去彩霞的雲朵在日照裡變換形狀，感到無比傷心。這該如何自說呢，與其繼續相信我是那樣陽光快樂地全憑美與青春的意志、全心在意著那一意義明確的女子，也許，也許在某些部分我得承認，那畢竟是因為我對那個不能自明的自己懷有更深的恨意。

絕望

午後間歇下著逼人的大雨。

這樣的天氣竟然發生在充滿新生意味的週五午後。大雨的空檔，我在熱鬧的新崛江正等著紅燈要過馬路。另一個方向的燈號上小綠人慢慢跑著，另一個方向的人潮繼續前進，飽滿厚實的雨雲也在天上朝另一個方向快速移動，好像永遠不會停止下來，好像我們這樣與之垂直的生活合該永遠等候下去。

「等候」大概是人世間最長的時間單位了。偶然抬頭，看見遠方陰霾昏黑的天色之後隱隱透出金色的夕陽，灑在對街店家高高立起的大型廣告看板上，亮晃晃的，讓整面看板鍍了金似的，像是真因著某一信念才聳立於此。看板上沒印任何其他的東西，只有中央一個身材姣好、衣著青春的外國模特兒微笑著望向遠方，彷彿充滿愛的意志與美的信仰，彷彿是一個有著名字的天使。看板餘處都是一片空白。單單有著那個模特兒，這個世界就都已足夠了。

什麼是絕望呢？絕望就只是一張廣告看板。我暗暗想，同時記起更遠一些的時光：十七歲，因為不可知的焦慮或叛逆而晃蕩晚歸的午後，騎腳踏車通過建國路的旅社街、抵達３Ｃ街之前，因為交通號誌的時間設定，不論騎得多快我總會在某個路口被紅燈攔下，陰天裡遠遠看見，那棟曾經雪白得近乎慘白、如今卻已非常破舊的高樓上，正掛著高普考補習班迎風飄動的鮮豔紅布條，「考取公職，一生幸福」。

那時當然不知一生何謂，現在其實也仍不知道。昏暗的天空下，那映著黃昏微光的紅布條在時時颳起的強風中震動，簡直是某種超然的存在，彷彿只有那布條的部分能反射、映照出金黃色的生命之光，投射在其餘部分的陽光，都將被髒污的大廈默默吸收進去、於千窗萬戶的黝黑房裡消失無蹤似的。在那麼多節次分明、架構清晰的危險與絕望之中，紅色布條的訴求如此鮮明，明明白白標示了人之一生所繫。少年的我則遠遠跨立在自己的腳踏車上，在某個小巷與建國路的交口，對向車道同樣等著紅燈的車群對我——那個在想像中與一生的幸福遙遙對峙的我，投來華亮燈光。在那樣不可理解、甚至是不可理喻的注視下，我完全無力反抗甚至只是反諷。我缺乏力量和定義，我只是一個盲人一樣生著悶氣等待發落的人。

廣告看板，或廣告布條，形象，字彙，意義，顏色。多年以後當我又來到另一個黃昏時光的路口，面對人群與他們心之所嚮的形象，那種不服氣的悲傷卻是無有二致的。看著滿街仰起的臉與他們所注目的方向，這樣說或許有些誇大，但在某些時刻我總難免這樣覺得，那些全部都是我的絕望。

無限遙遠的地方

放寒假了，旅居台北的學生們紛紛回家去了。許多認識已久的老朋友都仍在學，一下子少了許多飯局能約，時常下了班便沒了可以打發時間的去處。其他同樣已是上班族的，紛紛也有自己的事好忙，或有了新的友伴，快一些的可能結了婚，甚至已有了小孩，可以繼續投注他們對人生的想像。

沒地方好去，所以也不用趕著回家了。下班仍然習慣匆匆忙忙往捷運站走，但時常人到了捷運站，卻在下班的人潮中失去方向。要趕什麼呢？該往哪裡去呢？有些時候、越來越多時候，因為實在太疲倦了，只好先隨處找一個少人行經的角落，蹲坐下來，發發呆，想想接下來。該往哪裡去呢？休息一下，也許會有答案的。

坐著坐著，人潮來來往往，不知道怎麼搞的，這次竟然睡著了。模模糊糊作了許許多多夢，但哪個是真的呢？還是都是假的？其實也不確定了。醒來時已經過了晚間七點，還沒有返抵家門的人都已是晚間新聞的一部分了。但站前人行仍多，人聲雜沓，人潮絲毫沒有緩和下來的意思。從剛剛而至現在的這些人，也都沒有地方好去嗎？

我悶悶想著，急忙站起身，想趕快進站離開，但起了身只感到一陣暈眩，眼前一片白茫茫，起了大霧一般，什麼都無法看見，什麼都不清楚。搖搖晃晃走了幾步才站穩，抬頭，勉強看見人群，卻彷彿無一人看見我。列車已經靠站，人潮嘩嘩湧動著快速經過我，彷彿有意的沖刷洗滌著什麼。也不覺得受傷，只是困惑，想起宮澤賢治的《銀河鐵道之夜》，想起過往一起成長的友人，面目模糊的我們，伸手去指燦爛閃爍的星空，汲取彼此的驚喜與驚嚇，規劃全新星座，張著炯炯的眼注視……

「為什麼沒有人願意陪我到無限遙遠的地方去呢？」

輯五　附錄

我們的南方

30歲

我們的南方

或許是因為寬闊的天空、明亮的港灣、以及害羞卻熱情的人群，總覺得高雄是一座剛剛進入青春期的城市，適合坐在長長海堤上，遠望晨霧瀰漫的港區，看見起重機露出高聳骨架的輪廓，像是巨大的肩膀。

這是我所知道的高雄：永無止境的夏天，鋼鐵一樣的海洋，「一定要成為溫柔而勇敢的人啊」，這是陽光和海水給我們的教養。

24歲

虛構的海——第一本詩集《虛構的海》後記

如有需要，現在的我仍然能輕易記起，那段剛剛開始為書寫著迷的時光——十七歲，永無止境的夏天，南方的海，洋面朗朗，光線飽滿，可以繁複可以簡單的波浪與氛圍，勇敢而巨大的聲響與青春想像。

這些是這本詩集裡一切意念的背景。書裡收有我在二〇〇〇到二〇〇四年夏天之間，大學時期留存下來的多數舊作。透過詩我能看見，那時的我曾經真的是那樣執意，執意於虛構的字句間收藏最真實的快樂和痛苦，形狀，色彩，氣息，聲音。雖然它們不全然如其他多數詩人所聲稱的那樣、向我明白顯示過什麼，而我也不總是以全副的心神去凝視、搜索、見證它們。

然而我知道那並不要緊，重要的是我仍願意。經過時間和許多人事的磨洗，我仍願意繼續善意地面對那時湧動的所有熱望——即使無法看見但我相信，某些謎底自始至終都在這裡，充滿能量，值得在意，可以追求。在真實的世界與風景之間，我將恆常為自己保有這片虛構的海。如果你在、你來，我希望你能看見。如果你不在、不曾前來，我也希望你能看見。

18歲

擴張的盛夏——雄中十年詩文選輯前記

我並不清楚那些更光榮的年代。

一九九八，夏陽烈烈向我，南風獵獵向我，雷雨還來復返，連夢想急速抽長的野心也幾乎是聽得見的。那是高二，四處全是一派熱血的氛圍。大考的慘澹光影還被遠遠墊置在青春的背景之後，還沒滲透到足夠令我們錯愕的表象上來，死板的教條和教本也因失去了肅殺氣息的佐證與幫襯而倍顯黯淡。而我們正長大，已大到敢於流露自負神色和騷動鋒芒的時節。情勢一片大好。一九九八。在燠熱南方的第一高校裡，那注定是我們自己的盛夏。

浩浩聲勢如雷似潮。那是我們的盛夏。到處充斥著末世將臨的預言和詛咒和我們再難扼抑的歌聲。即使離大時代的末尾和原點都遠，舉目皆是閒散鬆動的意象，即使我們只是學生，但那都是不要緊的。當一切都還在猶豫遲疑徬徨觀望我們就已經頭角崢嶸的起身反抗，憤怒的抗辯，焦躁的揣想，自覺而叛逆，沿著光榮與狂妄之間模糊的界線前進再前進，翻越一道又一道粗礪厚實的高牆。風聲四起歌聲四起。我們在自己選擇的迷霧中試圖編導一場場小規模的悲劇喜劇鬧劇默劇，出入一座座自誇自憐自省自負的封閉城邦嘗試推倒銅像，建立我們自己的光榮。一九九八。那年夏天我開始練習創作詩文閱覽辯論，同時專注地鍛鍊著攻擊手助跑飛身甩臂扣擊的手腕與自信，和小黑郁超政軒他們一同擔演末代排球校隊的主角。那時人豪還是校園樂團中最囂張傲慢的鼓手，仍忙於醞釀一次又一次不太成功的抗爭行動。小柳已獨自在噪鬧喧譁的環境下以驚人的速度蛻變為我們之中最最冷靜且嚴謹的運動分子。蕭和宗鴻還繼續興味盎然地挑釁被校方律定為忌的每種禁制事由及其正經八百的各個面向，永遠都不會疲憊的模樣。而備具領袖氣質的健庭已能從容不迫地帶領這群分散各班難以編整的問題學生，成為實至名歸的學生聯合自治委員會會長。一九九八。彬哥已離開聯會回到康輔並將之重新提升為校內最活躍的社團之一。而演辯社也正在交接，當家的新辯手是馮和老魏和彥良。

那是一九九八。我們一群人反覆為著種種緣由，分進合擊地破壞既有的藩籬，針對部分冬烘師長口中無上的規範及不合時宜的秩序徹底背叛大加撻伐，挑戰權力界限並拒絕摸頭收編，我們參加正規社團，經營地下社團，站上知識的高台朗朗申言，為浪漫情懷學權主張與政治熱忱的必要性發出切肌入理的尖銳呼聲，做最強悍最無謂也最失禮的辯護。當一切都仍在猶豫遲疑徬徨觀望時我們就已然頭角崢嶸地出手反抗。我們是那樣早的出發。

然而過早的啟蒙顯然也招惹了更迫人的寂寞更艱難的險阻。在彼此有限的溫暖之外，為著支援想像和論述貪婪無度的燃燒我開始不可自拔地向文學靠攏。思想。書寫。校刊。編輯。學識。風骨。論戰。先入為主的論戰。扭曲失焦的論戰。等而下之的論戰。混亂錯位的自己。零散窘迫的自己。懺悔蛻變的自己。文學確實替我被時代風向和學生身分久久壓抑的不滿打通了一條直往理想世界的甬道，但也難免因而提前見識了心底逼人的善感和憂愁，在正視荒謬自我和荒謬時代無奈觀點的同時陷入潦草失控的驚慌。悲劇之闕如。聽眾之闕如。憐憫之闕如。掌聲之闕如。我們收起玩笑心態，以更謙卑更惶恐的姿態向書本和生活乞求創意並掘深自己。聽著脈搏的鐘聲，以文字為兵員佈陣。我們憑藉著這些原始的盾器負隅抵禦自己和外人粗暴的詮釋，質議，批評與中傷，藉以爭取在每一場情緒風暴中高聲喊出訴求的可能。

那時寫稿已完全取代課業成為少年生活的重心。藉校刊之便，我幾近犯癮地拜讀歷屆學長們的在學少作：蓉與牧童，燈語，植物人之歌，水魂祭，縱火者，黑色夜夢，我自己私人的默示錄，其他等等。我熱切的從中汲取養料並反覆與師長文友討論這些老學長們風雲一時的舊作，同時引以為鏡對照己身逐步成形的文學觀點與性格特質，在反省補漏啟蒙開創的思索流程中感受到自己因急劇膨脹而躁熱蹭動的不安，成長的快感。古典主義浪漫主義現代主義後現代主義城市書寫鄉土論戰大河小說性別研究音韻節奏意象文氣比喻象徵拼貼後設意識流蒙太奇魔幻寫實超現實云云，一些我們已懂的一些未曾聽說過的，以及一些正竭力試圖了解體悟參與的。文學畢竟是少數既能自外於體制卻又能在校園中名正言順地向僵化心智與無趣生活攻堅陷陣的戰場，所有想法都是游擊，每個詞彙都擁有秘密攻擊靜靜刺穿權威大旗的危險潛力，憤怒與愛皆乃無柄之匕首，握在我們手心流血如一流星等待再次投擲，再次在規矩黯淡的生活後頭亮出真實的熠熠刀光。被思想的利刃刺疼轉醒之後，我在人海底仰望文字和故事們漂木一般地晃蕩於冷森深水與明透暖陽對峙的粼粼介面，在溺者掙扎的本能驅使下，武斷而且甘心的視之為拯救我們收容我們的漂浮之島，呼吸呼救呼喊，放任莫名所以的使命感煽動驅使，鎮日奔走於校方及友社及死黨之間，努力說服眾人齊力向麻木失覺的社會與同儕伸出臂膀。解放理念的結盟和擴張。高二一九九八，一九九九。擴張與盛夏。

那時我們已經全面接掌校刊社的一切了。小小社辦中始終散落著友校刊物和各類書籍和不甚調和的人聲，不太完整的共識。編輯概念。媒體性格。文學使命。文人相輕。有人淡出有人加入，起勁與不起勁。九月秋颱前夕我和傳文週週頂著悶沉厚實的風勢及殷紅逼人的暮色，一次又一次違規趕騎著機車收稿送稿，或滯校編輯或繪圖排版，與會的還有天慶德生和薛他們一夥人。那時已卸任的俊成學長實際上仍參與了多數美編作業，仍熱衷於協助稿務與教學，但更多時候我們的討論僅著墨於詩和美學和思想間迷人的化學作用；剛起步的學弟們還掛著比我們當年更青澀迷疑好奇的笑容學習兼打混，譬如文景和思霖和致中；至於更早離開的顧問群如彥鵬家緯騏任則都已回到較疏遠的位置看待社團熱鬧笨拙的構思和運轉，即使時常露面也都已不太過問社事和編輯，我們只談使命。

在這樣的時代編輯校刊無疑是帶著理想性格及悲劇情感的，憑著的除了理念，更多的是熱情與使命。文學創作更是如此。而在膚淺的抱怨中默默調整對校園精神生活的期許，苦苦嘗試各種手段，自然也逐漸成為社務當中最重要也最耗時的環節。那時友校更堅持文學理念的宇歡和釧如正熱切地邀請我們一起籌辦跨校性質的文學獎，動機只是愛。對文學焦灼的熱愛促使我們爭取搭建舞台，提供同學和學弟妹一個發聲的位置，一個支點，一種被聽見的可能，得以在更豐富熱鬧的注視下真心述說十七歲生命的喜悅憤怒迷惑與哀愁。為此我耗去好些時日同校方行政人員提案爭取攻防辯論怒目相視讓步妥協，在說服訓導主任的同時也被貼上難搞叛逆的標籤，但我是完全不在乎的。高中生涯中當然有著更多同樣精采同樣煩人膩人同樣值得追味的事件，譬如公假譬如出遊譬如義氣譬如群架譬如初戀譬如補習譬如英文諺語譬如言例事例譬如排列組合三角函數，譬如各種規模各種原因的出走和印著尷尬星號的成績單。當然有更多擾動的事件。然而其實我們當真看作一回事的仍然是邏輯思辯和南方盛夏一般的創作熱情，那醒目地標明了我們不容抹煞輕忽的身分與位置，我們攀越體制的圍籬在空蕩蕩的青春現場豎起自己的旗幟。豔旌當風，即使退後一萬個秋季仍能輕易辨識。

詩的曖昧與歧義性和少年未被規制箍死的心靈一定是相契的，文學在壓縮與還原、虛擬與寫實之間的張力和少年質地堅韌的志氣也一定是相契的，哪怕錯誤和激情和沉靜的美感說不定也是相契的我想。開始聽見秋天羸弱的腳步聲已是高三時期，末日遲遲未如預言中那樣大規模的降臨，但一切確實都蕭索起來了。我改以較為沮喪低頻的心思參與逐漸失焦的校園文藝活動，繼續固執的相信盛夏會逗留更久才勉強走盡，而且絕對走不了太遠，很快就會再來臨。

我們終究還是畢業了，投入大考。忘了在考後一把火燒掉笑談中曾立誓焚毀的課本與參考書，九月已冷冷走近。我們還來不及盛大激昂地燃放就被家長和重考班一一盯梢撲滅，用潦倒困窘幾乎熄滅的餘溫試圖重新加熱更冷漠的世界，彷彿要確認什麼一般，反覆向自己展示留下傷疤的小小創口。趺坐支頤，冷眼旁觀遍地殘留的雨漬和腳印，等來的新世紀不知道是末日或者夏天。

我始終不清楚那些更光榮的年代。

在這樣的背景下遂有了為歷屆寫手和校園文壇本末做記的念頭。我找來俊成和家緯，概述理念並爭取支持，同時以我們為基礎並沿用學長們留下的傳統稱呼，成立了松濤文社，在編書之餘也試圖從更高的位置給予校園創作新血和社內編員鼓舞並挹注各種資源。而後又循線陸續連絡上許多社團學長姊並拉攏思霖入社，從尋人、選文、印稿、延請評審、簽取版權、開會出資、訂名宣傳、接洽經銷，每件出版相關事務皆由社內少數夥伴親自經手，搜索枯腸地思考諸如審稿版權設計資金等問題的時間，很快佔去我生活的大半部分。然而為了讓這些曾深切感動撼動雄中人的校內創作找到重新流通重建光榮的機會，我們當真是放矮了身段壓低了嗓子，雖然我們仍舊只是學生，雖然很多僵化固執的成見與觀念，很多冗長繁褥的制式程序，我們其實仍舊是打心底不在乎的。

然而重振校園文風與再現往年榮景對我們和學弟妹無疑是更要緊的事。在執著一如往日的理念召喚下，我們循更艱困的途徑重溫故往並另啟新局，在見證光榮的同時也完整參與了過往十年雄中歷屆創作者的風采和信念和年復一年的夏季。藉著創作的窗口我們終得窺見輝煌往日及自己從前懾人的無知與力量，彷彿秋蟬在葉脈年輪的紋理中重新讀取一季華麗美絕的盛夏，思緒在意象的迴路中屢屢迸發出駭人的爆裂聲響，愈近愈激亢，愈遠愈堅強。

原來光榮的美好的從來就不只是我們思慮純真的啟蒙少作或其中的幼嫩思想原創野心與爛漫情懷，還有志氣和困頓的自負和頑強的傲骨。十七八歲的我們曾是那樣積極熱烈地致力於心智開墾和自我意識的革新，承載使命並奮力踩著深刻沉著的腳印前進，雖然每每回首除了濫情的感動自傲也不免尷尬地意識到今非昔比的淒涼。然而藉由一年多來的考察溫習和熱身，如今我們又重新站在持續向前伸展的長路上。

於是有了這本粗糙的選集，記錄創作者崢嶸的姿態和少年高亢呼喊的音軌。它坦誠地保留了連結美好時光的原始連結以及我們那時勇於表述批判恥於修繕偽飾的乾淨模樣，於此我們得以重新展讀年少時簡單的渴望，在閃爍的字句原始的結構乾淨的視野深處看見當年磅礡繁榮的野心與夢想，那年處心積慮於拓展領域拆解童話重組理性揣摩悲傷的狂妄企圖與浪漫情懷，擴張的盛夏。

【青春瑣事之樹】後記

長長的學生生涯當中，我總覺得，我們都是自由的樹。

中學的時候學過植物相關知識，形成層、木質部與韌皮部，一面向內年年積累，一面向外層層脫落，季節和氣候事件都在樹的內裡留下痕跡，黑膠唱片一般的年輪圈圈增生，無一遺漏，秘密儲存，水分養分上下輸送，盤根錯節，枝枒伸展，莖葉枯榮，花開結果。我靠坐在教室的木桌椅裡，無聊課間在紙上寫字畫畫，為了某些青春的難題而默默心動，或心痛，感覺自己累積又消磨，有時灰心有時認真，極其緩慢的長大著。陽光穿窗而入，照著我和紙筆，微微發熱，氣息聲音，什麼都是時間隱喻。

這樣的創作經驗，這些散漫倔強卻字字經心的作品，是青春之樹內裡分裂又增生的形成層，我不斷去寫，讓文字不懈地支持著改變著我和我所看見的世界。在形上與形下之間，創作是我的形成之術。文學與訴說能做什麼呢？其實我也不知道，只是需要——是這些不切實際、單薄無用、自我解構又建構的部分，讓我，和我們，在多年以後的現在，終於都成為了擁有故事的人。

這本書中收錄了我學生時期的多數散文創作，以及剛剛踏入職場那幾年零星完成的作品。最晚完成的是輯一，29歲那年，詩集《誤點的紙飛機》要出版的前一個月，我在冬天的台北工作，一天一篇，急急寫下關於詩與為了詩的種種心情。輯二到輯四的文字更早一點，多數寫於18到25歲之間，少數是剛畢業的那幾年，心思總徘徊遊蕩在高雄、台北、花蓮之間。尤其是花蓮。其中輯三輯四幾乎全是在花蓮唸碩班時所寫的。輯五則是三篇彼此相隔六年的作品，都寫高雄，為著不同的原因，選擇了同一個主題，或許是因為題目太明確了，太專心了，每每重看，總覺得與其說是寫高雄，不如說是寫著高雄在我身上留下的時光痕跡。

沒有預想過這些文字會出版成冊，或許也因此得以保留了它們坦白強烈、雜蔓自由、毫無防範的樣子。多年以後重新再看，字裡行間跌跌撞撞讀著，除了驚喜，難免也有青春的尷尬之感。但該怎麼說呢？這就是我的成長故事了，糾結的委屈的，急急迫切向上伸展的，分心散意走岔的枝枒與路，路又生路，沿途長出新芽和花，花葉引來美麗的動物，就是如此了。如今遠遠望去，那些屬於我的青春過往或許就是一棵近海生長的大樹，集結成這本書，像是慢慢鋪一條長長的路，帶我再次通往那樹所在之處，爬上枝幹，跨坐其上，隱身在鬱鬱樹冠之中，眺望已經去過或永遠無法抵達的那些遠方，以及那些想望，聽樹葉沙沙作響，各種色彩與情狀，季節的約定，細瑣動搖，陽光底下，閃閃發亮。

木質的回憶與傷痕累累的枝幹，每片柔軟的葉子都是安神的風鈴，淋過雨，迎著時光之風，花在綻放，結成生活與人情的果實。謝謝你經過這裡，看到這裡。謝謝你。這是我的青春瑣事之樹。我全心全意的希望——像一個未經世事的少年那樣真心希望，這本書，能讓你想起你的青春瑣事之樹。

國家圖書館出版品預行編目資料

青春瑣事之樹/林達陽著.--初版.--臺北市：皇冠.
2015.10
面；公分（皇冠叢書；第4504種）
（林達陽作品；03）
ISBN 978-957-33-3184-1（平裝）

855　　　　104017583

皇冠叢書第4504種
林達陽作品 03

青春瑣事之樹

作　　者—林達陽
發 行 人—平雲
出版發行—皇冠文化出版有限公司
台北市敦化北路120巷50號
電話◎02-27168888
郵撥帳號◎15261516號
皇冠出版社(香港)有限公司
香港上環文咸東街50號寶恒商業中心
23樓2301-3室
電話◎2529-1778　傳真◎2527-0904
總 編 輯—龔橞甄
責任編輯—平靜
美術設計—黃思維
著作完成日期—2012年
初版一刷日期—2015年10月

法律顧問—王惠光律師

讀者服務傳真專線◎02-27150507
電腦編號◎543003
ISBN◎978-957-33-3184-1
Printed in Taiwan
本書定價◎新台幣250元/港幣83元